Ich war es nicht

Christian Gläsmann

Ich war es nicht

Bibliografische Information der Deutschen Nationalbibliothek:
Die Deutsche Nationalbibliothek verzeichnet diese Publikation in der Deutschen Nationalbibliografie; detaillierte bibliografische Daten sind im Internet über http://dnb.dnb.de abrufbar.

TWENTYSIX – Der Self-Publishing-Verlag
Eine Kooperation zwischen der Verlagsgruppe Random House und BoD – Books on Demand

© 2020 Christian Gläsmann

Herstellung und Verlag:
BoD – Books on Demand, Norderstedt

ISBN: 978-3-740-76669-6

Ich war es nicht

Und wieder war der Chef, Herr Hammer, am meckern. Julia hatte alles so satt. Ihren Job, ihre Freunde, ihr Leben, einfach Alles. Doch was sollte sie machen? Sie hatte ja alles so gewählt, oder nicht?

Normalerweise hätte sie alles ertragen und ihren Frust am Abend in irgendeiner Kneipe herunter gespült. Aber diesmal war es anders. Irgendetwas in ihr sagte: Jetzt ist Schluss! Sie hatte genug von diesem beschissenen Leben.

Julia war eine 27-jährige Großstadtfrau, Single, hatte, wie sie dachte, viele Freunde. Doch alle Beziehungen und Freundschaften waren oberflächlich. Sie hatte ihr ganzes Leben in der Großstadt gewohnt, in Frankfurt am Main. Es muss doch auch noch etwas anderes geben. Irgendwie kotzte sie im Moment alles an. Es war zwar nicht das erste Mal, dass sie solche Gefühle hatte, aber jetzt schien das Fass überzulaufen. Warum sie? Warum jetzt?

Wieder kam der Chef in ihr Büro. Julia war Sachbearbeiterin bei einem großen Konzern in Frankfurt. Einfach ausbrechen, einfach raus, das wäre doch was! Nun gut, sie hatte etwas Geld gespart, so 8000 Euro, aber einfach Alles hinschmeißen? Was würde dann passieren? Könnte sie dann überhaupt überleben? Sie war noch nie arbeitslos, aber ihr Frust wurde stärker und stärker.

„Frau Becker, wie oft muss ich es Ihnen noch sagen? Sie haben die Sachen nach Kunden-nummern und innerhalb der Kundennummer nach Alphabet zu sortieren. Außerdem, ich nehme an, Sie machen heute nochmal Überstunden. Ist ja auch kein Problem Sie haben ja sonst nichts zu tun und eine Familie wartet auch nicht auf Sie.", sagte er.

Julia war nun nicht mehr zu halten und ließ den Dampf aus dem Kessel!

„Was fällt Ihnen eigentlich ein! Sind Sie Sadist? Reden Sie mit ihrer Frau und ihren Kinder zu Hause auch so? Was glauben Sie eigentlich, wer Sie sind? Graf Koks? Sie gehen mir dermaßen auf den Keks! Ich habe keinen Bock mehr mich von Ihnen so behandeln zu lassen. Entweder Sie entschuldigen sich und ich mache heute früher Feierabend, oder Sie können sich jemand anderes suchen. Und für meine Überstunden, die ich unbezahlt geleistet habe, erwarte ich im nächsten Monat eine Sonderzahlung von 3000 Euro. Wenn Sie das nicht wollen, können Sie sich halt jemand Neues suchen! Sie Arschloch!", schrie sie zurück.

Sie hatte es wirklich getan. Sie hatte ihrem Chef alles das an den Kopf geworfen, was gerade in ihrem Oberstübchen vorging. Ihr Vorgesetzter war starr vor Schreck! Er hatte mit Vielem gerechnet, aber nicht mit einem solchen Wutausbruch. Das war er nicht gewohnt. Ihm hatte niemand zu widersprechen, weder in der Familie Hammer, noch im Freundeskreis, noch auf der Arbeit! Eine halbe Ewigkeit später, hatte er sich wieder gefangen.

„Frau Becker, was fällt Ihnen ein, so mit mir zu sprechen? Haben Sie den Verstand verloren? Was fällt Ihnen ein, mich so zu beleidigen und auch noch Forderungen zu stellen? Sie möchten wohl arbeitslos werden, was? Das können Sie gerne haben! Ich werde personelle Konsequenzen gegen Sie einleiten. Ihre Kollegen hier im Büro sind meine Zeugen, dass Sie mich beleidigt haben. Sie können natürlich auch gerne um eine direkte Vertragsauflösung bitten, dann können wir zusammen zur Personalabteilung gehen. Die sind ja nur drei Stockwerke über uns, hier im Haus!", sagte er.

„Ja, das können wir gerne machen, Sie Ekel von einem Mann! Ich möchte so wenig Zeit wie möglich mit einem Spinner wie Ihnen verbringen! Ich habe Ihre Sperenzien und Ihre Visage sowas von satt! Ich packe jetzt meine Tasche und dann gehen wir zur Personalabteilung. Ich mache gerne die direkte Vertragsauflösung. Ich habe einen Zirkus wie hier nicht nötig!", sagte sie.

Jetzt äußerten sich auch die Kollegen. Sie baten darum, dass Beide Vernunft annehmen sollten. Julia arbeitete mit den Kollegen professionell zusammen, aber Freundschaft war es nicht. Und das obwohl sie seit Jahren mit ihnen zusammen arbeitete. Außerhalb des Jobs hatte sie mit ihnen keinen Kontakt. Julia packte ihre Sachen zusammen und ging an ihrem Chef vorbei, Richtung Tür.

„Nun kommen Sie endlich! Oder haben Sie keinen Arsch in der Hose? Auf geht's zur Personalabteilung!", sagte sie.

„Aber, Frau Becker, so war das doch nicht gemeint. Wenn Sie nicht anders wollen, können wir natürlich zur Personalabteilung gehen, aber denken Sie noch mal drüber nach.", sagte er.

Julia war nicht mehr zu halten. Sie war schon fast an den Fahrstühlen, als ihr Chef angerannt kam.

„Sie wollen das wirklich durchziehen? Sie können Anfragen an eine andere Abteilung stellen, um zu wechseln. Ich will Sie nicht mehr haben, nachdem Sie mich so beleidigt haben. Sie können sich natürlich entschuldigen! Dann bekommen Sie eventuell eine gute Beurteilung.", sagte er.

Julia schwieg. Im Insgeheimen war ihr die Beurteilung vollkommen egal. Schweigend gingen sie hintereinander ins Personalbüro.

„Guten Morgen, Frau Schneider. Ich möchte mich gerne von diesem Arschloch trennen! Ich kündige. Ich möchte meinen Vertrag sofort auflösen. Ich habe diesen Spinner satt.", sagte sie.

„Und ich arbeite mit dieser Furie nicht mehr gerne zusammen! Tun Sie, was nötig ist, ich bin mit allem einverstanden. Ich stimme der Vertragsauflösung sofort zu. Sie kann gerne noch eine Abfindung von 2000 Euro bekommen. Hauptsache sie ist weg!", sagte er.

Nach einigem Papierkram war alles eingetütet. Julia war frei. Sie gab ihren Dienstausweis ab und ging.

Julia fuhr nach Hause. Langsam dämmerte ihr, was sie gerade getan hatte. Sie begann, ihr Leben auf den Kopf zu stellen. Alles, was sie sich im Beruf mit Händen aufgebaut hatte, hatte sie nun mit einem Mal, mit dem Hintern, wieder eingerissen. Jetzt hieß es nachdenken, nach vorne schauen und nicht zurück. Sie fühlte sich innerlich leer, aber befreit.

Bevor sie nach Hause zurückkehrte, ging sie in ein Fast Food-Restaurant und schlug sich den Bauch voll, bis sie nicht mehr konnte. Vollgefressen legte sie sich erstmal hin. Sie ließ ihren Gedanken freien Lauf, genauso wie ihren Gefühlen. War es Verzweiflung? War es Glück? War es Trauer? Die Tränen liefen und liefen über ihr Gesicht. Was hatte sie nur getan?

Irgendwann schlief sie ein. Mitten am Tag. Es war bereits 18 Uhr, als sie aufwachte. Jetzt war guter Rat teuer. Sie hatte keine Lust, zum Arbeitsamt zu gehen. Jetzt musste sie erstmal ihren Kopf frei bekommen und sich erholen. Vielleicht war es sinnvoll, einfach mal irgendwohin zu verreisen, wo sie noch nicht war. Irgendwo außerhalb von Großstädten.

Sie ging an ihren Computer, und ins Internet. Mit einer Suchmaschine suchte sie nach einem Postleitzahlen-Zufallsgenerator. Ein Programm, welches auf Tastendruck Postleitzahlen ausspuckte.

Diese Postleitzahl sollte der Ort haben, wo sie die nächsten zwei Wochen verbringen würde. Sollte der Ort nicht den Anforderungen, die Sie festgelegt hatte, entsprechen, also mindestens 200 km weg sein, keine Großstadt in der unmittelbaren Nähe, und ein 3 Sterne Hotel für den Aufenthalt, dann würde sie nochmals auf den Knopf drücken, damit eine neue Postleitzahl gezogen wird. Ein weiteres Kriterium, war ein ordentlicher öffentlicher Nahverkehr. Schließlich hatte sie weder Auto noch Führerschein. Das hatte sie hier in Frankfurt noch nie gebraucht.

Leider funktionierte das Ganze nicht so wie gedacht. Julia änderte ihre Taktik. Sie wählte kein bestimmtes Ziel. Sie würde morgen früh gegen neun Uhr am Hauptbahnhof Frankfurt am Main sein und dann den nächsten Zug nehmen, den sie bekommen kann, der mindestens drei Stunden in eine Richtung fährt. Dann würde sie umsteigen, in einen regionalen Zug, der mindestens eine Stunde fährt und irgendwo an einem kleineren Bahnhof aussteigen. Dort würde sie sich ein Zimmer für 14 Tage suchen.

Julia gefiel der Plan. Jetzt musste sie nur noch packen. Da sie in Ruhe gelassen werden und endlich mal alles hinter sich lassen wollte, packte sie nur ihre bequemen Lieblingsklamotten ein. Sie musste aber für warm und kalt gerüstet sein. Es war Anfang November, das Wetter spielte seit Wochen verrückt und schwankte sehr stark. Schlabberlook war Trumpf. Ihre ganze Kosmetik ließ sie zuhause. Zwei Wochen ungeschminkt Neuland betreten. Kein Puder, kein Rouge, kein Lippenstift, nur Deo, keine Kosmetik. Sachen wie Zahnbürste Zahnpasta und Co. würde sie sich vor Ort kaufen. Daher passte das, was sie mitnahm, in eine kleine Reisetasche. Neben den Schuhen, die sie anzog, packte sie noch ein Paar bequeme Ersatzschuhe ein. Julia schlief früh ein und so tief und fest, wie selten in den letzten Jahren.

Als ihr Wecker um sieben Uhr klingelte, war sie sofort frisch und munter. Nach dem Duschen fasste sie noch einen Beschluss. Das Smartphone und anderer technischer Schnick-Schnack blieben zuhause. Julia hatte noch ein altes Klapphandy, ohne Vertrag, SIM-Karte und SIM-Lock, das noch funktionierte. Das packte sie ein und würde sich am Zielort eine Pre-Paid-Karte kaufen, um es zu betreiben. Dann konnte sie im Notfall telefonieren, aber es kannte niemand ihre Nummer und sie hatte ihre Ruhe.

Außer der Reisetasche nahm sie noch einen Rucksack mit, in dem Reisekleinigkeiten, also Getränke und Süßigkeiten für unterwegs untergebracht waren. Sie schloss die Tür zu und ließ für zwei Wochen ihr Leben hinter sich.

Um neun Uhr war Julia am Frankfurter Hauptbahnhof. Es war Mittwochmorgen. Der Berufsverkehr war größtenteils vorbei. Sie schaute auf die Anzeigetafel.

Der nächste Zug, der ihre Bedingungen erfüllte, war der ICE nach Berlin-Ostbahnhof. Nach drei Stunden wäre sie in Braunschweig, ersatzweise kurze Zeit später in Wolfsburg. Der Zug fuhr um 9:14 Uhr ab. Sie kaufte am Automaten ein Ticket für die 2. Klasse bis Wolfsburg und reservierte sich noch einen Sitzplatz, per Schnellreservierung. Sie konnte ja auch vorher, in Braunschweig, aussteigen, wenn sie Lust dazu hätte. Die Wahl zwischen beiden Bahnhöfen machte sie davon abhängig, was für Anschlusszüge in Braunschweig und Wolfsburg zur Verfügung standen. Im Zug befinden sich immer Prospekte über die Anschlusszüge an den jeweiligen Haltepunkten. Darin könnte sie nach

Anschlüssen suchen. Dann ging sie zu Gleis 8, wo der Zug eine Minute später einfuhr. Die Reservierung hätte sie nicht benötigt, denn der Zug hatte noch viele freie Plätze. Sie saß im Ruhebereich und hatte sich einen Gangplatz ausgesucht, damit sie mehr Platz hatte. Der Sitz neben ihr war auch noch frei, daher legte Julia ihren Rucksack auf den Fensterplatz.

Im Netz der Sitzreihe vor ihr war der Prospekt über die Haltestellen und Anschlusszüge. Sie wählte als Ausstiegsbahnhof Braunschweig aus. Von dort sollte es, nach knapp 30 Minuten Aufenthalt, weiter gehen, mit der Regionalbahn in Richtung Uelzen. Sie beschloss, nach gut einer Stunde Fahrt aus dieser Regionalbahn, in Wittingen, auszusteigen.

Wittingen ist eine Kleinstadt mit rund 11.500 Einwohnern. Sie hat 26 Ortsteile, meist Dörfer mit nur wenigen hundert Einwohnern, sowie den Hauptortsteil Wittingen mit über 4.000 Einwohnern.

Als Julia aus der Bahn ausstieg, wusste sie noch nicht, wo sie die nächsten 14 Tage übernachten sollte. Am Bahnhof war ein Werbeschild eines Hotels. Sie ging die Straße hinunter und folgte der Beschilderung. Nach knapp 10 Minuten stand sie vor dem Hotel. Sie ging hinein und sah einen Mann, der augenscheinlich zum Hotel gehörte.

„Guten Tag, mein Name ist Julia Becker. Ich suche eine Unterkunft für die nächsten zwei Wochen.", sagte sie.

„Guten Tag. Einen Moment, ich hole den Chef.", sagte der Mann. Kurze Zeit später betrat ein weiterer Herr den Raum.

„Guten Tag, Hansen mein Name. Ich bin der Hotelier. Mein Mitarbeiter sagte mir, Sie suchen ein Zimmer für 14 Tage?", fragte er.

„Guten Tag, Herr Hansen. Ja ich brauche eine Unterkunft für 2 Wochen.", sagte sie.

„Warum haben Sie nicht schon vorher angefragt?", fragte er.

„Ich habe mich erst vor zwei Stunden entschieden, dass meine Reise hierhin, nach Wittingen, geht.", sagte sie. Der Hotelier schüttelte ungläubig den Kopf.

„Sie haben Glück. Es ist keine Saison. Ich habe ein Einzelzimmer für Sie. Das kostet 45 Euro pro Nacht, ohne Frühstück. Ich kann es Ihnen gerne vorher zeigen.", sagte er.

Julia ging mit dem Hotelier nach oben, in die 1. Etage. Dort befand sich das Zimmer. Es war einfach, aber zweckmäßig eingerichtet und verfügte über eine Dusche und ein WC. Dann gingen sie wieder nach unten.

„Ich nehme das Zimmer.", sagte sie.

„Das Zimmer muss im Voraus bezahlt werden. Zahlen Sie bar oder mit Karte?", fragte er.

„Mit Karte, so viel Bargeld habe ich nicht bei mir.", sagte sie.

„Entschuldigung, das war eine blöde Frage. Ich gebe Ihnen eine Nacht gratis, sie müssen also nur für 13 Nächte bezahlen. Das macht dann 585 Euro.", sagte er.

Julia bedankte sich für den Rabatt, zahlte und nahm die Schlüssel entgegen. Im Zimmer packte sie erstmal ihre Tasche aus und verstaute ihre Klamotten im Schrank. Dann machte sie sich auf in die Stadt, um einige Sachen für die nächsten Tage einzukaufen.

Julia ging den Hindenburgwall entlang, Richtung Stadtzentrum. Sie kaufte, in einem naheliegenden Discounter und einem Supermarkt, für die nächsten Tage Getränke und andere Lebensmittel ein.

Nachdem sie die Einkäufe ins Hotelzimmer gebracht hatte, sah sie sich ein wenig in der Gegend um. Außerdem knurrte ihr Magen. Schließlich hatte sie seit mittags, wo sie sich ein Teilchen im Braunschweiger Hauptbahnhof gekauft hatte, nichts mehr gegessen. Sie entdeckte eine Imbissbude, die sie am Abend ausprobieren wollte. Dann ging Julia nochmal Richtung Innenstadt. An einer Eisdiele kaufte sie sich, trotz kühler Temperaturen, zwei Kugeln Eis, einmal Haselnuss und einmal Banane. Außerdem besorgte sie sich noch die aktuelle Ausgabe der örtlichen Tageszeitung. Diese wollte sie sich nun jeden Tag besorgen, um auf dem Laufenden zu sein, zu welchen lokalen Veranstaltungen sie gehen könnte. Schließlich war sie zum Vergnügen hier! Julia wollte sich mal so richtig gehen lassen. Alles hinter sich lassen, keine Verpflichtungen, keine Termine, nur Erholung, Entspannung und Genuss.

Im Rathaus, wo sie nach Informationen für Touristen suchte, fand sie die Bürgerbroschüre, in der alles über Wittingen stand. Von Zahlen, Daten und Fakten, bis hin zu Vereinen, Verbänden, Ärzten und sonstigen Einrichtungen. In einem Handyladen kaufte sie sich noch eine Prepaid-Karte. Jetzt hatte sie eine neue Telefonnummer, von der sie ungestört telefonieren konnte und keine Anrufe zu erwarten hatte.

Am Abend probierte sie die Imbissbude aus. Eine Currywurst mit Pommes war ihr Abendbrot. Dann ging sie wieder ins Hotel. Sie vergnügte sich mit einer Tüte Chips und einem interessanten Fernsehprogramm, obwohl es Mittwoch war und am Mittwoch in der Regel nichts Ordentliches im Fernsehen lief. Julia hatte sich einen Reisewecker mitgenommen, den sie auf 7 Uhr stellte. Am nächsten Morgen wollte sie früh aufstehen, sich etwas beim Bäcker zum Frühstück kaufen, die Zeitung besorgen und sich dann wieder ins Bett legen.

Gesagt, getan. Als sie nach ihrer morgendlichen Tour zum Bäcker wieder ins Hotel kam, schaltete sie das kleine Zimmerradio ein und lauschte den morgendlichen Klängen von NDR 2. Sie frühstückte im Bett. Julia hatte sich ein Schokocroissant besorgt und las dabei die Zeitung. In der Zeitung fand sie einen interessanten Artikel. Es ging um eine Veranstaltung, die in den nächsten Tagen in Wittingen stattfinden sollte. Dort war von einem Orientierungsseminar die Rede. Ein Seminar, in dem man lernen konnte, wie man mit Wendepunkten im Leben umgeht.

Dies interessierte Julia sehr! Dieses Seminar konnte sie gerade sehr gut gebrauchen. Ihr war, als ob es das Schicksal gut mit ihr meinte und ihr diese Möglichkeit eröffnete. In dem Artikel war eine Telefonnummer angegeben und ein Name, der für Julia etwas unaussprechlich war. Sie rief die Telefonnummer an, um sich bei dem Seminar anzumelden.

„Camilla Unokwo hier, was kann ich für Sie tun?", fragte eine weibliche Stimme.

„Guten Tag, Julia Becker, mein Name. Ich würde mich gerne für das Seminar anmelden.", sagte sie.

„Sehr gerne. Kommen Sie einfach um 9 Uhr morgens zum VHS-Seminarhaus inmitten der Stadt, am Hindenburgwall 52. Haben Sie noch Fragen?", fragte sie.

„Ja, habe ich. Was wird da eigentlich alles gemacht? Ich wüsste gerne vorher, was mich erwartet.", fragte Julia.

„Lassen Sie sich einfach überraschen. Wie werden sehr in die Tiefe gehen. Den Punkt, an dem Sie stehen, analysieren. Danach werden wir gemeinsam Wege suchen in eine bessere Zukunft und für ein besseres Leben, auf allen Ebenen.", sagte die Seminarleiterin.

„Muss ich irgendetwas Spezielles beachten oder mitbringen?", fragte Julia.

„Nein, kommen Sie bitte in bequemer Kleidung, damit Sie vollkommen gelöst sind. Bringen Sie so viel Zeit mit wie möglich. Obwohl es ein Seminar mit festen Endzeiten ist, schaue ich nicht auf die Uhr. Das Seminar ist dann zu Ende, wenn jeder zufrieden ist.", sagte Frau Unokwo.

„Wie viele Teilnehmer müssen es denn sein, damit der Kurs stattfindet?", fragte Julia.

„Die Anzahl der Teilnehmer ist unwichtig. Das Seminar findet auch statt, wenn Sie alleine sind! Es ist wichtig, dass sich Menschen trauen, neue Wege im Leben zu gehen. Daher gibt es keine Mindestteilnehmerzahl. Jeder Mensch ist wichtig, der sein Leben in die Hand nimmt. Nur das fördert eine gute und gesunde Gesellschaft.", sagte sie.

Julia versprach vorbeizukommen und bei dem Seminar mitzumachen. Nach dem Telefonanruf war sie noch entspannter als vorher. Frau Unokwo schien Afrikanerin zu sein. Jedenfalls hatte sie einen afrikanischen Akzent. Das Seminar sollte am Freitag beginnen.

Den Rest des Tages verbrachte sie damit, zu schauen wo sich das Seminarhaus befindet, ein wenig im Ort spazieren zu gehen, noch mal etwas einzukaufen und zum Mittag in einem Gasthof zu speisen. Es gab Zigeunerschnitzel mit Pommes. Am Abend ging Julia früh zu Bett. Schließlich war morgen Seminar und sie wollte ausgeschlafen sein.

Statt um 7 Uhr, klingelte der Wecker um 6 Uhr. Julia war sehr gespannt auf das Seminar und auf die Person, die sie erwartete. Am meisten freute sie sich jedoch über die Seminarleiterin. Sie wusste nicht warum, aber schon beim Telefongespräch verspürte sie tiefes Vertrauen in Frau Unokwo.

Nach dem Frühstück, heute gab es ein Teilchen, packte sie einen kleinen Stoffbeutel mit Getränken und ein paar Snacks. Dann ging sie zum Seminarhaus. Unten, an der Tür des Hauses, war ein Schild angebracht. Das Seminar sollte in der zweiten Etage stattfinden.

Julia ging hinauf in die zweite Etage. Es war ein älteres Haus mit einer engen Treppe. Sie war schon ganz aufgeregt. In der zweiten Etage wartete eine Schwarzafrikanerin auf sie.

„Hallo, Frau Becker, ich bin Camilla Unokwo. Ich bin Ihre Seminarleiterin. Sie können sich auf drei interessante Tage freuen. Danach wird Ihr Leben nicht mehr das Gleiche sein.", sagte die Dame.

„Hallo, Frau Unokwo. Ich bin etwas überrascht. Es ist schon fast 9 Uhr und ich scheine die Einzige zu sein.", sagte Julia.

„Da bin ich aber beruhigt, sagte Frau Unokwo. Ich dachte schon, Sie seien überrascht, weil eine Kenianerin vor Ihnen steht. Wir warten noch bis 9:15 Uhr. Sie sind die einzige Teilnehmerin, die sich angemeldet hat. Aber vielleicht kommt noch jemand spontan vorbei. Nehmen Sie doch schon mal drinnen Platz.", sagte die Seminarleiterin.

Julia ging in den Seminarraum. Es war ein Seminarraum, wie man ihn kennt. Die Tische waren zu einem U gestellt und es gab einen Flipchart und einen Beamer. Allerdings war noch kein Seminarmaterial auf einem der Tische zu sehen. Julia wartete geduldig, bis Frau Unokwo den Raum betrat.

„Es ist 9:15 Uhr. Sie sind die einzige Teilnehmerin. Es ist niemand mehr gekommen.", sagte Frau Unokwo.

„Bedeutet das, dass ich Sie komplett für mich allein habe? Ist es sozusagen ein Einzelcoaching?

Bleibt es bei der Seminarzeit? Bleibt es bei dem Preis von 30 Euro?", fragte Julia.

„Ja, ja, ja, ja. Ich hoffe, damit sind Ihre Fragen beantwortet. Aber wir sollten den Seminarort verlegen. Dieser Raum ist so unpersönlich. Ich würde Sie gerne an einen Ort mitnehmen, wo ich individueller auf Sie eingehen kann und der gemütlicher ist als dieser Seminarraum. Sie werden sich dort, wohin ich Sie mitnehmen möchte, sehr wohlfühlen.", sagte die Seminarleiterin.

Julia schien etwas verwirrt. Dann dachte sie kurz über die Antwort der Seminarleiterin nach. Sie selbst hatte vier Fragen gestellt. Sie hatte daraufhin viermal ein Ja bekommen. Eine Verlegung des Seminarortes könnte spannend sein. Sie konnte kaum glauben, dass sie das Glück eines dreitägigen Einzelcoachings hatte, für 30 Euro. Sie wollte auf jeden Fall mehr bezahlen, das hatte sie sich fest vorgenommen.

„Ja, Frau Unokwo, Sie haben meine vier Fragen beantwortet. Ich komme gerne mit Ihnen und bin sehr froh, Sie hier getroffen zu haben. Das werden sicherlich drei sehr interessante Tage für mich.", sagte Julia.

„Kommen Sie mit zu meinem Auto. Wir fahren zu mir nach Hause. Dort mache ich in der Regel meine Einzelcoachings. Dort habe ich viel mehr Möglichkeiten, um Ihnen zu helfen, individuell zu helfen. Dort können wir das Problem auf einer anderen, tieferen Ebene angehen.", sagte die Seminarleiterin.

Die beiden Frauen stiegen in das unten stehende Auto. Dann holte die Seminarleiterin ein Tuch aus dem Handschuhfach. Sie fragte, ob Julia einverstanden sei, wenn sie ihr für die Dauer der Autofahrt die Augen verbinden würde, so dass sie nichts sieht, sondern nur ihre Gefühle arbeiten lässt. Julia war so gespannt auf die nächsten Tage, dass sie sich selbstverständlich die Augen verbinden ließ. Als Julia nichts mehr sehen konnte, schaltete die Seminarleiterin eine CD mit afrikanischer Entspannungsmusik ein. Dann fuhr sie los. Zuerst fühlte sich Julia etwas komisch, doch nach und nach entspannte sie sich durch die Musik immer mehr und ihr Vertrauen in die Seminarleiterin wuchs und wuchs, da sie ihr Schicksal ganz in die Hände von Frau Unokwo gelegt hatte. Schließlich konnte sie nicht sehen, wohin sie fuhren, ob es Gefahren vor dem Auto gab, was draußen passierte und was im Auto passierte. Die Seminarleiterin sprach auch nicht. Julia war allein mit der Dunkelheit und der Musik.

Nach, wie sie fühlte, etwa 20 Minuten, hielt das Auto an und die Seminarleiterin schaltete die CD aus. Dann nahm sie Julia die Binde von den Augen. Als Julia sich umsah, sah sie ein schönes kleines Haus. Neben dem Haus war Holz, teilweise bereits als Scheite, gestapelt und teilweise noch nicht gehackt.

„Sie haben ein schönes Haus, jedenfalls von außen gesehen.", sagte Julia.

„Wir werden noch 5 Minuten still im Auto warten, bis wir aussteigen. Unsere Körper sind bereits hier. Unsere Seelen sind noch nicht angekommen und noch auf der Reise hierhin.", sagte Frau Unokwo.

Ruhe kehrte ein. Beide schwiegen gut 5 Minuten. Julia ließ alles auf sich wirken. Sie wartete, bis Frau Unokwo wieder das Wort ergriff.

„Gehen wir nun hinein.", sagte Frau Unokwo.

Julia folgte der Afrikanerin in ihr Haus. Sie gingen durch eine lange Diele in einen hinteren Raum, der an das Haus angebaut schien. Dort war der ganze Raum mit Kissen und Matratzen ausgelegt. Es leuchtete nur ein sanft gedämpftes Licht, von drei Punkten im Raum. Das Licht kam von öllampen-förmigen elektrischen Lampen. Der Raum wirkte mystisch und entspannend zugleich.

„Ich schlage vor, da wir ein dreitägiges Einzelcoaching machen, dass wir uns duzen. Ich bin Camilla und werde dir ganz neue Wege und Möglichkeiten zeigen, wie du dein Leben an diesem Wendepunkt aktiv zu einer besseren Zukunft nutzen kannst. Du wirst in diesen drei Tagen so viel über dich selbst erfahren, wie noch nie in deinem Leben in so kurzer Zeit. Das Einzige, das wichtig ist, damit du am meisten davon profitieren kannst, ist tiefes Vertrauen in meiner Person und in meine Tätigkeiten und Fähigkeiten. Dass du mir tief vertrauen kannst, hast du bereits auf der Hinfahrt hierher bewiesen.", sagte Camilla.

„Das Du nehme ich sehr gerne an, Camilla. Ich bin Julia. Ich schenke dir gerne mein tiefstes Vertrauen, wenn du mir nur helfen kannst.", sagte Julia.

„Das freut mich sehr, Julia. Nun bitte ich dich, dich einfach hinzulegen. Schließe deine Augen und erzähle mir, wie deine derzeitige Lebenssituation aussieht.", sagte Camilla.

Julia fühlte sich irgendwie befreit und geborgen. Endlich hatte sie jemanden zum Reden. Und sie redete und redete, ohne Unterbrechungen, von ihren Sorgen und Nöten. Sie erzählte von ihrem Chef und ihrem Ausraster, sowie ihrer Kündigung, die folgte. Sie sprach von ihrem Leben, und ihrer Oberflächlichkeit, dass sie einen Weg suche, vor einem totalen Neuanfang stand. Es ist wie ein Geschenk Gottes, dass sie dieses Einzelcoaching bekam. Das Schicksal schien sie zu Camilla geführt zu haben. Manchmal denkt man, die Götter müssen verrückt sein. Normalerweise wäre sie gar nicht hier, in Wittingen. Sie könnte auch irgendwo anders sein. Alles etwas komisch, aber spannend und entspannend zugleich.

Nach zwei Stunden hatte sie zu Ende gesprochen. Camilla hatte alles auf Band aufgezeichnet, um später über einzelne Dinge sprechen zu können.

Camilla fragte Julia, ob ihr die Musik im Auto gefallen hatte. Julia hatte die Musik sehr gut gefallen, sie war total entspannend. Nach kurzer Absprache schaltete Camilla leise Musik an. Diese klang ähnlich wie die im Auto.

„Während des Einzelcoachings machen wir auch einige Entspannungsübungen und Übungen, wo du dir etwas vorstellen musst. Übungen bei denen dich deine Gedanken forttragen können, in andere Welten, in andere Zeiten und in Ereignisse, die irreal sind und doch schön. Um dich später leichter und schneller in diesem tief entspannten Zustand zu bringen, möchte ich eine kurze Übung mit dir machen, damit du weißt, wie es sich anfühlt, sich tief zu entspannen und sich auf mich einzulassen. Bist du bereit dazu?", fragte Camilla mit sanfter Stimme.

Julia nickte und sagte: „Ich entspanne mich gerne. Ich vertraue dir und lasse mich gerne von dir führen."

„Danke. Dann schließe deine Augen und konzentriere dich ganz auf die Musik. Diese entspannende Musik, die du schon im Auto gemocht hast. Und nun, öffne bitte kurz deine Augen. Ich zähle bis drei und dann schließt du sie wieder. Eins, zwei, drei und schließen, so ist es gut. Lass deine Augen nun geschlossen, lasse die Musik entspannend in deinen Geist hinein und höre mir aufmerksam zu. Es kann sein, dass irgendwann meine Stimme zu verschwinden scheint, aber dein

Unbewusstes wird mich immer hören. Und jetzt spüre die Unterlage unter deinem Körper. Fühle ob sie sich weich, hart, oder rau, oder glatt anfühlt, und entspanne dich dabei immer mehr. Die Entspannung geht durch deinen ganzen Körper. Vom Kopf, über den Hals, den Rücken, die Arme, in die Fingerspitzen, in den Rumpf, die Beine, hinab in die Füße bis hinunter zu den Zehen. So ist es gut. Lass die Entspannung sich immer weiter ausbreiten, mit jedem Atemzug und jedem Wort von mir wird die Entspannung tiefer und tiefer. So ist es gut. Und jedes Mal, wenn du in einem entspannten Zustand gleiten willst, stell dir einfach die Worte vor die ich dir gerade gesagt habe, und spüre sie nach, und entspanne dich immer mehr und immer mehr. So es ist gut. Und jedes Mal, wenn ich zu dir spreche, um dich in einen entspannten Zustand zu führen, entspannst du dich immer schneller und immer tiefer. Jedes Mal immer tiefer. So ist es gut. Ich werde nun langsam von eins bis fünf zählen. Bei fünf bist du wieder ganz wach und hier im Raum. Eins, zwei, drei, vier und fünf. Öffne die Augen. Du bist voll und ganz im Hier und Jetzt und wir können miteinander sprechen. Wie fühlst du dich?", fragte Camilla.

„Ich fühle mich total gut! Wie lange war das jetzt? Ich habe gedacht, das war circa eine halbe Stunde. Ich kann mich aber auch täuschen. Aber es war ein wunderschönes Gefühl, dass ich immer wieder erleben möchte.", sagte Julia.

„Dann schauen wir doch mal, wie schnell es gleich geht. Höre nun auf meine Stimme. Konzentriere dich voll darauf. Du entspannst dich immer tiefer und tiefer. Bei 3 schließt du die Augen. 1, 2, 3 und tiefer und immer tiefer entspannst du dich. Tiefer und tiefer. So ist es gut. Du bist noch tiefer als beim ersten Mal, als ich dich entspannt habe. Du sinkst mit jedem Wort immer tiefer und tiefer. So ist es gut. Ich zähle nun von 1 bis 5, dann bist du wieder im Hier und Jetzt und dann wirst du mir sagen, auf einer Skala von 1 bis 10, wobei 10 der tiefste Zustand ist, den du bisher je erreicht hast, welche Tiefe der Zustand der ersten Entspannung hatte und der Zustand, den du jetzt erlebt hast. 1, 2, 3, 4 und 5. Öffne deine Augen. Du bist vollkommen wach, vollkommen im Hier und Jetzt und wir können miteinander sprechen. Wenn du beide Entspannungen vergleichst, auf einer Skala von 1 bis 10, wobei 10 die tiefste Entspannung ist, welche Zahl hatte die erste Entspannung und welche Zahl auf der Skala hatte die Entspannung, die du jetzt gerade erlebt hast?", fragte Camilla.

„Also jetzt war es noch mal tiefer, würde ich sagen, und viel schneller. Ich war irgendwie sofort vollkommen lässig und hätte mich auf alles einlassen können. Die erste Entspannung war eine 5 und die Letzte eine 9. Es sind sicherlich noch Steigerungen möglich, deswegen habe ich der letzten Entspannung keine 10 gegeben.", sagte Julia.

„Sehr schön! Das freut mich, dass du so gut auf Entspannung ansprichst. Aber nun lass uns wieder etwas Spannung in den Tag bringen. Lass uns nach draußen gehen. Dort möchte ich mit dir eine besondere Übung machen.", sagte Camilla.

Dann gingen sie gemeinsam auf den Hof, zu einem Platz, wo in der Regel das Holz gespalten wird, damit Holzscheite entstehen. Camilla fragte Sie nach ihren Gefühlen, ihrem Chef und ihrem bisherigen Berufsleben gegenüber. Sie fragte, ob da irgendwo Wut ist und Frustration. Julia war sehr gefrustet und hatte ihre Aggressionen immer runtergeschluckt, bis auf das eine Mal, als sie ihren Chef beleidigte und einen Schlussstrich zog.

„Also, ich habe nun eine besondere Übung für dich, bei der du deinem Frust und deiner Aggression Stärke verleihen kannst, um sie heraus zu lassen. Um die Energie, die in diesen Gefühlen steckt, raus lassen zu können. Ich habe dort einen Holzblock hingestellt. Du siehst dort die Holzstücke, die gespalten werden müssen. Dort vorne ist eine Axt. Sie ist nicht allzu schwer, aber es reicht in der Regel ein Hieb an der richtigen Stelle, um ein Holzstück zu zerteilen. Lege deine gesamten negativen Gefühle in die Schläge auf das Holz. Schlage mit der Axt das Holz kurz und klein und wenn das eine Holzstück nicht reicht, nimm ein Weiteres und noch ein Weiteres, bis du dich gut fühlst.", erklärte Camilla die Aufgabe.

Julia fühlte sich etwas komisch. Sie hatte noch niemals Holz gehackt. Aber sie griff sich ein Holzstück, stellte es auf dem Block, nahm sich die Axt, griff sie mit beiden Händen, und schlug auf das Holz ein. Sie spaltete das Holz mit einem Schlag. Dann holte sie sich das nächste Holzstück. Sie holte aus, und wieder spaltete sie das Holz mit einem Schlag. Sie fühlte sich sehr gut dabei. Sie zerschlug noch fünf Holzstücke, dann waren ihre Aggressionen vorbei.

Danach aßen sie etwas Kuchen, den Camilla gebacken hatte. Sie sprachen noch mal über die Aggressionen, die Julia raus gelassen hatte. Dann stand zum Abschluss noch eine entspannende Fantasiereise auf dem Programm. Sie sollte die Entspannungsfähigkeit noch mehr erhöhen und ein krönender Abschluss des Tages sein. Für eine Stunde sollte diese Phantasiereise Julia in eine ganz andere Welt katapultieren. Nur mit der Kraft ihrer Vorstellung sollte sie ein wunderschönes Ereignis erleben, und Selbstbewusstsein tanken.

„So Julia. Bevor wir den heutigen Seminartag beenden, habe ich noch etwas Besonderes für dich. Ich habe dir ja gerade gesagt, dass wir jetzt noch mal eine Entspannung machen. Ich werde dir nun gleich Kopfhörer aufsetzen und du wirst afri-kanische Musik hören und meine Stimme. Du machst dann eine entspannende Phantasiereise in andere Welten. Lass dich dann einfach forttragen von meiner Stimme und von der Musik und du weißt, dass du auf meine entspannende Stimme sehr gut anssprichst und wirst dich noch viel tiefer entspannen als je zuvor. Die Phantasiereise dauert ungefähr eine Stunde. Lasse dich einfach darauf ein und genieße diese neue Erfahrung.", sagte Camilla.

Dann legte Julia sich wieder auf die Matratze, ließ sich die Kopfhörer aufsetzen und hörte den Worten und Klängen zu, die auf ihre Ohren kamen. Innerhalb von Sekunden schloss sie ihre Augen und ließ sich forttreiben, durch Zeit und Raum und vergaß alles um sich herum. Sie erlebte Abenteuer in ihrer eigenen, ihrer inneren Welt. Was draußen vor sich ging, war vollkommen außerhalb ihrer Wahrnehmung.

Nach einer Stunde erwachte sie aus dieser Traumreise und war vollkommen erfrischt, wie nach einem mehrtägigen Urlaub. Sie stand auf, weil Camilla nicht im Raum war. Julia ging durchs Haus, aber konnte Camilla nicht finden. Dann schaute sie auf dem Hof nach. Das, was sie sah, ließ sie augenblicklich ohnmächtig zusammensinken.

Das Nächste, das sie wahrnahm, war ein Rütteln an ihrer Schulter. Sie öffnete die Augen und merkte, dass sie im Hof lag. In einiger Entfernung lag eine Leiche. Es war Camilla. Irgendjemand hatte sie mit der Axt erschlagen. Ihr Schädel war komplett gespalten. Die Axt steckte noch im Kopf der toten Kenianerin. Julia musste sich, ob des Anblicks, übergeben. Sie fragte sich, was hier los sei, was geschehen war, was sie eventuell damit zu tun hat. Sie hatte keine Erinnerung.

Die Polizei stand neben ihr und sprach sie an. Sie fragten, ob sie ihr helfen könnten. Ob sie verletzt sei oder ob sie ärztliche Hilfe bräuchte. Julia bat sofort um ärztliche Betreuung. Dann kamen ein Arzt und ein Seelsorger und fuhren mit ihr zum Polizeipräsidium. Der Arzt stellte fest, dass sie derzeit nicht vernehmungsfähig war. Sie wurde in das örtliche Krankenhaus gebracht, wo sie in einem Zimmer, das von Polizei bewacht wurde, untergebracht wurde. Dort sollte sie die Nacht verbringen.

Am nächsten Morgen kamen die Ärzte gegen 9 Uhr zur Visite. Der behandelnde Psychiater fragte Julia, wie es ihr gehen würde.

„Wo bin ich hier? Was ist passiert? Wann bin ich?", fragte Julia.

„Sie sind im Krankenhaus, in Wittingen. Sie sind gestern ohnmächtig geworden, nachdem Sie etwas Schreckliches gesehen haben. Es ist Samstag.", sagte der Psychiater.

„Wer sind Sie überhaupt? Was meinen Sie mit Schreckliches?", fragte Julia.

Mein Name ist Doktor Brocker. Ich bin der Psychiater des Krankenhauses. Können Sie sich nicht erinnern, was Sie gestern gesehen haben?", fragte der Psychiater.

„Herr Doktor Brocker, ich weiß nur, dass ich wahrscheinlich einen Horrorfilm geschaut habe. Ich sah eine Dame mit einem Beil im Kopf. Die Dame kam mir irgendwie bekannt vor. Vielleicht habe ich irgendwas verdrängt. Bitte geben Sie mir etwas Zeit, damit ich mich wieder orientieren kann und mein Gedächtnis wieder vernünftig arbeitet.", sagte Julia.

„Gut, Frau Becker, wir lassen Sie jetzt erstmal in Ruhe. Gleich kommt ein Frühstück. Ich schaue heute Nachmittag noch mal nach Ihnen. Sollte Ihnen inzwischen etwas einfallen oder Sie sich anderweitig erinnern, lassen Sie es mich bitte sofort wissen. Ich schaue, dann direkt nach Ihnen.", sagte Doktor Brocker.

„Danke Herr Doktor, und jetzt bitte ich um Ruhe. Auf mein Frühstück würde ich gerne verzichten. Mir ist noch etwas übel. Aber ich hätte gerne stilles Wasser zum Trinken.", sagte Julia.

Das Frühstück wurde abbestellt und sie bekam zwei Flaschen stilles Wasser und zwei Gläser ans

Bett. Julia versuchte, sich krampfhaft an den gestrigen Tag zu erinnern. Sie konnte kaum einen klaren Gedanken fassen. Irgendwie war alles wie verschwommen. Sie hatte ein Radio im Zimmer. Sie schaltete es ein und ließ es leise laufen. Vielleicht kam so ihre Erinnerung zurück. Es lief NDR 2. Kurze Zeit später kamen die Nachrichten. Darin natürlich auch die wichtigste Nachricht des gestrigen Tages. Als Julia hörte, dass eine Schwarzafrikanerin, mit einer Axt im Kopf, tot aufgefunden worden war, in Wittingen, wurde der gestrige Tag in ihren Gedanken wieder klarer und klarer. Auf einmal konnte sie sich wieder komplett an den Tag erinnern. Es war gegen Mittag, als sie nach Doktor Brocker rief. Doktor Brocker kam sofort in ihr Zimmer.

„Hallo, Herr Doktor Brocker. Ich habe Radio gehört. Ich kenne die Nachrichten. Die Nachrichten haben mir geholfen, mich wieder zu erinnern.", sagte Julia.

„Inwiefern sich zu erinnern? An den gesamten Tag, oder an ein bestimmtes Ereignis?", fragte Doktor Brocker.

„An den gesamten Tag, Herr Doktor. Ich erinnere mich wieder, dass ich die Tote gefunden habe. Ich kann Ihnen sagen, wer es ist und Vieles andere mehr. Die Polizei braucht sicherlich noch eine Aussage von mir.", sagte Julia.

„Meinen Sie wirklich, dass Sie schon so stabil sind, dass Sie eine Aussage machen können?", fragte Doktor Brocker.

„Ja, Herr Doktor. Ich habe den ganzen Tag im Kopf und möchte eine Aussage machen, bevor die Ereignisse zu lange her sind. Bitte holen Sie den entsprechenden Kommissar. Bitte bleiben Sie bei der Aussage mit im Raum. Ich möchte, dass auch Sie wissen, was geschehen ist. Das ist wichtig für die weitere Behandlung.", sagte Julia.

„Gut. Ich lasse den zuständigen Kommissar holen. Ich bleibe bei der Aussage im Raum.", sagte Doktor Brocker.

Der Kommissar war außer sich vor Freude, als er hörte, dass die Patientin vernehmungsfähig war und sich an den gestrigen Tag, laut ihrer Aussage, komplett erinnern konnte. Er kam sofort mit einem Assistenten ins Krankenhaus, um die Kranke zu vernehmen. Denn was Julia nicht wusste, war, dass sie die Hauptverdächtige in dem Mordfall ist.

„Guten Tag, Frau Becker. Mein Name ist Kommissar Wiesner, das ist mein Kollege Müller.

Wir möchten gerne Ihre Aussage zu Protokoll nehmen und haben danach noch Fragen an Sie. Sind Sie damit einverstanden?", fragte der Kommissar.

„Herr Kommissar, ich bin damit einverstanden, aber lassen Sie mich bitte aussprechen. Es gibt viel zu erzählen. Danach, wenn Sie Ihre Fragen gestellt haben, habe ich auch noch Fragen.", sagte Julia.

„Ist in Ordnung, Frau Becker. Ich nehme mir für Sie alle Zeit, die Sie brauchen. Sagen Sie mir einfach, wenn Sie fertig sind mit der Aussage. Mein Assistent wird alles notieren. Er ist einer der schnellsten Stenographen der Polizei in Niedersachsen.", sagte der Kommissar.

Dann erzählte Julia den Kommissaren und dem Psychiater vom vorherigen Tag. Sie erzählte ihnen, was sie gefrühstückt hatte, wie sie zum Seminarhaus gegangen war, wie sie dort die Schwarzafrikanerin Camilla Unokwo erstmalig getroffen hatte, und dass sie, als sie merkten, dass sie die einzige Teilnehmerin sein würde, den Seminarort gewechselt haben. Sie erzählte von den verbundenen Augen und der entspannenden Musik, die aus dem CD-Player kam. Julia sprach von den wunderbaren Sätzen, die sie immer wieder von der

Seminarleiterin hörte. Sie erzählte von dem Raum in dem Haus, der mit Matratzen ausgelegt war und mit Kissen. Sie erzählte von den Entspannungsübungen und ihrem Gespräch mit Camilla. Dann gab sie zu Protokoll, dass sie eine Aggressionsübung gemacht hatten. Sie erzählte, dass sie Holzstücke mit einem Schlag mit der Axt gespalten hatte. Diese Energie kam aus ihren unendlichen Aggressionen gegenüber ihrem Chef, anderen Personen und dem Frust über ihre derzeitige Lage. Sie sprach über die Fantasiereise, die sie gemacht hatte. Dann über den Moment als sie Camilla tot entdeckte. Dass sie dann kurz in Ohnmacht gefallen war und sich übergeben musste, als sie die Leiche sah und danach von der Polizei gefunden und ins Krankenhaus gebracht wurde.

„Ich habe noch ein paar Fragen an Sie, Frau Becker.", sagte der Kommissar.

„Ich werde sie Ihnen gerne gewissenhaft beantworten, so ich es denn kann.", sagte Julia.

„Warum sind Sie eigentlich in Wittingen?", fragte der Kommissar.

„Das ist eine lange Geschichte, Herr Kommissar, möchten Sie sie wirklich hören?", fragte Julia.

„Ja, gerne. Sie können auch gerne zusammenfassen, wenn es um eine Zeit von mehreren Monaten oder einigen Wochen geht.", sagte der Kommissar.

Daraufhin erzählte Julia von ihrem Ausraster auf der Arbeit und ihrer Vertragsauflösung. Dann erklärte sie den Kommissaren, warum sie in Wittingen sei. Der Kommissar bekam immer größere Augen, sein Assistent und Doktor Brocker ebenfalls. Keine Aussage schien an den Haaren herbeigezogen zu sein. Und doch war Alles sehr ungewöhnlich.

„Haben Sie im Moment einen Aufenthaltsort in Wittingen, und wenn ja wie lange?", fragte der Kommissar.

„Ich wohne in einem Hotel und habe dort ein Einzelzimmer. Dort kann ich weiterhin übernachten. Die Kosten für die Übernachtungen, für zwei Wochen sind bereits bezahlt. Ich kann mich dort für Sie zur Verfügung halten, wenn Sie möchten.", antwortete Julia.

„Haben Sie die Tote schon vorher gekannt?", fragte der Kommissar.

„Nein, wir haben uns hier in Wittingen erstmals kennengelernt.", sagte Julia.

„Stehen sie ansonsten in irgendeiner Beziehung zu der Toten, außer der geschäftlichen des gestrigen Tages?", fragte der Kommissar.

„Nein, wir hatten vorher noch nie miteinander zu tun.", sagte Julia.

„Haben Sie wirklich nichts gehört, als Sie Ihre Phantasiereise gemacht haben?", fragte der Kommissar.

„Nein, Herr Kommissar. Ich war in einer vollkommen anderen Welt. Alles was außerhalb passierte, war für mich vollkommen irrelevant. Ich glaube, es hätte jemand neben mir etwas sagen können, ich hätte es nicht wahrgenommen. Ich war einfach zu tief in der Entspannung.", sagte Julia.

„Gut, Frau Becker. Das reicht uns fürs Erste. Bitte melden Sie sich ab morgen jeden Tag um 9 Uhr und um 16 Uhr jeweils persönlich bei der Polizeidienststelle. Ich weise Sie hiermit an, den Ort Wittingen nicht zu verlassen. Da Sie derzeit sowieso in Wittingen verweilen, werde ich Sie nicht in Untersuchungshaft nehmen!", sagte der Kommissar.

Julia bedankte sich beim Kommissar. Dann verließen der Kommissar, sein Assistent und Herr Doktor Brocker das Zimmer.

„Herr Doktor Brocker, kann so etwas wirklich sein, dass man nichts mitbekommt, wenn man in so einer Entspannung ist wie bei einer Phantasiereise? Ich kann mir das Alles nicht so ganz vorstellen.", fragte der Kommissar.

„Ja, Herr Kommissar, das ist nicht ungewöhnlich. Es kommt dabei auf die Tiefe der Entspannung und der Fähigkeit der Visualisierung und der Vorstellungskraft an. Wie sehr man sich auf so etwas konzentrieren kann und einlässt. Sie kennen das vielleicht von ihren Kindern. Wenn ihre Kinder gespannt dem Fernsehprogramm folgen, sind sie auch für alles taub was Sie sagen.", sagte Doktor Brocker.

„Also ich glaube, das ist bei mir nicht möglich. Ich kann es mir jedenfalls nicht vorstellen.", sagte der Kommissar.

„Wenn Sie möchten, kann ich Ihren Glauben auf die Probe stellen. Dann können Sie selbst erleben wie sich so etwas anfühlt und ob auch bei Ihnen so etwas möglich ist. Probieren geht über studieren, Herr Kommissar. Wenn Sie Zeit haben gehe ich gerne mit Ihnen in einen Extra-Raum und werde ein paar Versuche mit Ihnen machen. Ihr Assistent kann das gerne filmen, dann können Sie sehen wie

Ihre Reaktion ist, wenn Sie vollkommen entspannt sind.", bot Doktor Brocker an.

„Die Zeit nehme ich mir gerne. Ich weiß immer gerne, wie sich jemand Verdächtiges in einer bestimmten Situation fühlen und verhalten könnte. Ich nehme mir Zeit für Sie. Ich vertraue Ihnen. Sie sind Spezialist.", sagte der Kommissar.

Sie gingen zu dritt in einen Raum, in dem sich ein Entspannungssessel befand. Dann forderte der Psychiater den Kommissar auf, sich in den Sessel zu setzen. Der Assistent begann, mit seinem Handy zu filmen.

„Herr Kommissar, darf ich Sie in einen tiefen Entspannungszustand führen? Darf ich dabei alle Hilfsmittel benutzen, die ich benötige?", fragte der Psychiater.

„Was meinen Sie mit Hilfsmitteln? Meinen Sie Drogen oder Medikamente?", fragte der Kommissar.

„Nein, keine Angst Herr Kommissar. Ich meine damit die Methoden, um einen solchen Zustand zu erreichen, und das möglichst schnell.", sagte der Arzt.

„Ja, tun Sie es einfach. Ich bin mit allem einverstanden. Ich bin gespannt, wie das ist und wie schnell das geht.", sagte der Kommissar.

Daraufhin ließ Doktor Brocker den Kommissar seinen Finger fixieren. Innerhalb kürzester Zeit versetzte der Psychiater den Kommissar in eine tiefe hypnotische Trance. Er führt ihn immer tiefer und tiefer. Dann erzählt er ihm eine Phantasiereise. Dass er durch das Fenster über Wittingen schweben würde und nur auf seine Stimme hört, alles andere vergisst, was um ihn herum geschieht und nur in dieser wunderbaren Welt alles wahrnimmt, was dort ist. Währenddessen stellte ihm der Assistent ein paar Fragen. Und zwar direkt ins Ohr. Der Kommissar reagierte nicht. Er war in seiner eigenen Welt, einer Traumwelt. Dann führte ihn Doktor Brocker wieder aus der Trance. Er war frisch und erholt und ging davon aus, dass das Ganze vielleicht zehn Minuten gedauert hatte. Er hatte sich getäuscht. Es waren 45 Minuten vergangen. Als Doktor Brocker ihm erzählte, was alles passiert war, während er sich tief entspannt hatte, traute der Kommissar seinen Ohren nicht. Er glaubte, der Psychiater und sein Assistent würden ihm Märchen erzählen. Dann zeigte ihm der

Assistent seine Videoaufnahmen mit dem Handy. Der Kommissar war beeindruckt und hatte ein ganz neues Bild der Ereignisse bekommen. Er bedankte sich bei Doktor Brocker für dieses wunderbare Erlebnis und verabschiedete sich, mit seinem Assistenten, für den heutigen Tag. Doktor Brocker versprach ihm, dass, wenn der Kommissar ihn brauchte, er ihm in diesem speziellen Fall gerne zur Verfügung stehen würde.

Der Kommissar und sein Assistent gingen zurück zum Polizeipräsidium. Dort lag bereits der Befund der Rechtsmedizin vor. Der Befund sagte aus, dass die Todesursache nicht allein der Hieb mit der Axt war, sondern eine hohe Konzentration von Trichlormethan im Blut festgestellt wurde. Das Opfer war demnach mit Chloroform betäubt worden und wäre an der starken Überdosierung verstorben. Der Axthieb stellte lediglich das garantierte Ableben sicher.

Daraufhin besorgte sich der Kommissar einen Durchsuchungsbeschluss für das Hotelzimmer der Verdächtigen. Als der Kommissar mit seinem Assistenten das Hotel betrat und dem Hotelier den Durchsuchungsbeschluss zeigte, war dieser entsetzt.

„Herr Kommissar, ich bin sprachlos. Was ist mit der Dame? Ist sie tot? Ich fand von Anfang an, dass sie sehr komisch wirkte.", sagte der Hotelier.

„Nein, die Dame lebt und wird auch heute noch in Ihr Hotel zurückkehren. Sie wird sich weiterhin bei Ihnen aufhalten. Schließlich hat sie für das Zimmer bezahlt, oder nicht? Sie muss sich zu unserer weiteren Verfügung halten. Deswegen ist ein Aufenthalt in Wittingen unerlässlich.", sagte der Kommissar.

„Wo war sie denn in der letzten Nacht? Hier im Hotel war sie jedenfalls nicht.", sagte der Hotelier.

„Sie war im Krankenhaus. Aber jetzt geht es ihr wieder besser. Sie wird heute noch entlassen.", sagte der Kommissar.

„Und warum interessiert sich die Polizei für die Dame?", fragte der Hotelier.

„Sie war am Tatort, als wir die ermordete afrikanische Frau gefunden haben.", sagte der Kommissar.

„Sie meinen, ich beherberge eine Mörderin?", fragte der Hotelier.

„Ich will es nicht ausschließen. Aber es gilt bei ihr, wie bei jedem, die Unschuldsvermutung. Ich habe einen Durchsuchungsbeschluss für das

Hotelzimmer. Hier schauen Sie bitte.", sagte der Kommissar.

Der Hotelier führte den Kommissar zum Zimmer der Verdächtigen. Die beiden Polizisten durchsuchten das Zimmer gründlich, fanden jedoch keine weiteren Anhaltspunkte. Sie bedanken sich beim Hotelier und baten ihn, sie zu informieren, wenn der irgendetwas Verdächtiges beobachten sollte.

Auf dem Weg vom Krankenhaus zum Hotel schaute Julia bei Ihrer Bank vorbei. Sie hob ein wenig Geld ab und zog zusätzlich einen Kontoauszug, um zu sehen, ob bestimmte Sachen abgebucht wurden. Auf dem Kontoauszug befand sich eine Gutschrift von 5000 Euro. Sie kam vom Privatkonto ihres ehemaligen Chefs. Der Verwendungszweck lautete vielen Dank für die gut erledigte Arbeit. Julia beschloss, ihren Chef am Montag anzurufen.

Als sie das Hotel betrat, sprach der Hotelier sie an. Er teilte ihr mit, dass die Polizei da gewesen war. Er berichtete von der Durchsuchung des Hotelzimmers, aufgrund eines Durchsuchungsbeschlusses. Julia war daraufhin verärgert und verängstigt zugleich. Ohne ihr Hotelzimmer zu betreten, ging sie zum Polizeipräsidium. Dort wollte sie den Kommissar zur Rede stellen.

„Wo ist Kommissar Wiesner? Ich möchte ihn sofort sprechen!", forderte Julia auf der Wache.

„Einen Moment, ich hole ihn.", sagte die Polizistin, die vor ihr stand.

„Frau Becker, warum sind Sie hier? Sie müssen sich doch erst morgen früh um 9 Uhr melden.", fragte der Kommissar.

„Ich möchte wissen, was hier gespielt wird. Sie haben mein Hotelzimmer durchsucht?", fragte Julia.

„Bitte kommen Sie mit in mein Büro. Ich hole derweil meinen Assistenten. Ich glaube, wir haben Einiges zu besprechen.", sagte der Kommissar.

Julia folgte dem Kommissar in sein Büro. Dort wartete sie gespannt, was der Kommissar an Neuigkeiten hatte.

„Frau Becker, ohne Sie schockieren zu wollen, Sie sind die Hauptverdächtige in einem Mordfall!", sagte der Kommissar.

Julia fiel aus allen Wolken! Sie sollte eine Mörderin sein? Was geht hier vor, dachte sie sich?

„Wieso bin ich Hauptverdächtige? Woran wollen Sie das festmachen? Kann ich meinen Anwalt anrufen?", fragte Julia.

„Nun, Frau Becker, Sie waren als Einzige am Tatort. Es gibt nur Fingerabdrücke von Ihnen, auf der Tatwaffe, der Axt. Ein Motiv habe ich zwar noch nicht, aber es wird alles eine Frage der Zeit sein. Es ist strafmildernd, wenn Sie den Mord zugeben würden.", sagte der Kommissar.

„Sie wollen mir einen Mord anhängen? Ich will sofort meinen Anwalt sprechen!", empörte sich Julia.

„Zeigen Sie mir bitte mal Ihre Brieftasche. Ich möchte sie durchsuchen, im Rahmen einer Taschenfahndung.", forderte der Kommissar sie auf.

Julia gab ihm ihre Geldbörse. Sie dachte sich nichts Böses dabei. Dann fand der Kommissar den Kontoauszug, den sie gerade gezogen hatte.

„Was haben wir denn hier? Ein Kontoauszug von heute. Was ist das für eine Überweisung? Sie haben 5000 Euro für eine gut geleistete Arbeit bekommen. Welche Arbeit haben Sie denn gut geleistet? Haben Sie jemanden gut über den Jordan befördert?", fragte der Kommissar.

Julia entglitten alle Gesichtszüge. An den Kontoauszug hatte sie gar nicht gedacht. Jetzt war guter Rat teuer.

„Es ist alles nicht so, wie es scheint! Das Geld habe ich von meinem ehemaligen Chef bekommen. Als Belohnung für die Arbeit, die ich gemacht habe, für ihn, all die Jahre im Büro.", sagte Julia.

„So langsam fügt sich ein Puzzle zusammen, finden Sie nicht?", merkte der Kommissar an.

„Ich sage jetzt nichts mehr. Ich möchte meinen Anwalt sprechen!", empörte sich Julia.

Als sie mit einem befreundeten Anwalt telefonierte, riet er ihr, weitere Aussagen zu verweigern, und kündigte an, nach Wittingen zu kommen.

„Ihren Anwalt werden Sie auch brauchen, und zwar sehr dringend. Alles verdichtet sich, dass Sie die Täterin sind. Wie es aussieht, könnte es sogar ein Auftragsmord sein. 5000 Euro sind kein schlechter Betrag. Es wurden schon Leute für weniger Geld umgebracht. Bleiben Sie bitte noch hier. Ich spreche kurz mit der Staatsanwaltschaft.", sagte der Kommissar.

Nach einigen Minuten kam er, mit einem zerknirschten Gesicht, zurück.

„Sie können gehen, aber halten Sie sich weiterhin zu unserer Verfügung. Außerdem bleiben die Meldeauflagen 9 Uhr und 16 Uhr jeden Tag bestehen. Ansonsten würde ein Haftbefehl ergehen.", sagte der Kommissar.

Dann ging Julia ins Hotel zurück. Dort angekommen, ging sie auf ihr Zimmer und räumte auf. Dann legte sie sich auf ihr Bett und weinte. Am Abend kam ihr Anwalt und mietete sich im selben Hotel ein. Wenig später trafen sie sich zu einem Gespräch in ihrem Zimmer.

„Guten Abend, Herr Kramer. Danke dass Sie so schnell gekommen sind. Ich bin total verzweifelt. Ich habe sie nicht umgebracht.", sagte Julia und fing wieder an zu weinen.

„Ganz ruhig, Frau Becker. Erzählen Sie mir erstmal genau, was vorgefallen ist. Und dann schauen wir nach einer Lösung. Vielleicht hat der Kommissar irgendetwas übersehen, was Sie ganz schnell entlasten kann. Aber nun möchte ich Ihnen erstmal zuhören. Sie haben alle Zeit der Welt, mir zu erzählen, was vorgefallen ist. Ich habe ein Zimmer in diesem Hotel bezogen und mich in der Kanzlei für die nächsten anderthalb Wochen entschuldigen lassen. Sie sind jetzt mein wichtigster Fall.", beruhigte sie ihr Anwalt.

Julia erzählte ihrem Anwalt die ganze Geschichte im Zeitraffer, von ihrem Ausraster im Betrieb bis zum heutigen Abend. Das Erzählen dauerte zwei Stunden. Sie versuchte, so genau wie möglich zu sein und so detailliert wie möglich zu berichten. Ihr Rechtsanwalt machte sich immer wieder Notizen. Als sie ihren Bericht beendete, hatte der Anwalt noch ein paar Fragen.

„Kannten Sie die Seminarleiterin schon vorher? Haben Sie mal irgendetwas mit ihr zu tun gehabt? Ist Ihnen irgendetwas vor dem Haus aufgefallen?", fragte der Anwalt.

„Ich kannte die Seminarleiterin nicht. Ich hatte auch noch nie etwas mit ihr zu tun. Und den Bereich vor dem Haus habe ich nur beim Aussteigen kurz gesehen, da war nichts Auffälliges. Die Straße war auch leer. Als ich im Hinterhof auf die Holzstücke eingeschlagen habe, konnte ich die Straße nicht einsehen. Als wir wieder ins Haus gingen, nahmen wir erneut den Vordereingang. Aber ich habe nicht auf die Straße geachtet, jedenfalls nicht direkt.", sagte Julia.

„Was meinen Sie mit nicht direkt?", fragte der Anwalt.

„Na ja, manche Sachen bekommt man halt unbewusst mit oder speichert man ab, aber kann sich nicht daran erinnern, jedenfalls nicht bewusst.", sagte Julia.

„Kennt Ihr Chef die Seminarleiterin? Hatte er schon mal mit ihr Kontakt?", fragte der Anwalt.

„Wollen Sie mir damit unterstellen, ich hätte einen Auftragsmord ausgeführt? Ich dachte, Sie sind auf meiner Seite.", sagte Julia.

„Bin ich doch auch, Frau Becker. Nur wir müssen versuchen Alles zu entkräften, was Sie belastet!", sagte der Anwalt.

„Ob mein Chef sie kennt, weiß ich nicht. Die 5000 Euro müssen für meine geleistete Arbeit in den letzten Jahren, für die Überstunden, die nicht bezahlt wurden, sein. Und vielleicht auch für die Wiedergutmachung nach dem Streit. Vielleicht will er mich ja zurückhaben.", sagte Julia.

„Wie ist die Nummer Ihres Chefs? Ich werde ihn morgen anrufen und dazu befragen. Dabei muss ich allerdings offenlegen, dass Sie eines Mordes verdächtig sind und ich die Angaben dazu brauche, um Sie zu entlasten. Sind Sie damit einverstanden?", fragte der Anwalt.

„Ja, ich bin mit allem einverstanden, was mir hilft aus dieser Situation heraus zu kommen! Sie bekommen von mir alle Vollmachten, wenn Sie möchten. Ich lasse mich auf alles ein. Ich war's nicht. Ich bin unschuldig. Bitte glauben Sie mir!", sagte Julia.

„Ich werde morgen mit Doktor Brocker sprechen. Einerseits wegen der Möglichkeit, dass Sie wirklich nichts mitbekommen haben können und andererseits kann er dann nach Ihnen sehen, wie es Ihnen gesundheitlich geht.", sagte der Anwalt.

„Da bin ich mit einverstanden. Ich würde jetzt gerne schlafen. Ich habe einen harten Tag hinter mir. Wir sehen uns morgen beim Frühstück? Ich frühstücke gegen 8 Uhr.", sagte Julia.

„Ist gut, Frau Becker. Dann lasse ich Sie erstmal allein. Ich beschäftige mich noch etwas mit den Aussagen die Sie heute getätigt haben.", sagte der Anwalt und ging hinaus.

Am nächsten Morgen ging Kramer ins Krankenhaus, um Doktor Brocker zu kontaktieren. Er kam gerade von der Visite und freute sich, dass sich jetzt ein Anwalt um Julia kümmert. Er versprach, am frühen Nachmittag, Julia im Hotel zu besuchen und sich mit ihr und dem Anwalt zu treffen. Julia ging in der Zeit, wo der Anwalt Doktor Brocker traf, zur Polizei, um die Meldeauflagen zu erfüllen.

Der Anwalt versuchte, ihren Chef zu erreichen. Ihr Chef war allerdings erst gegen 16 Uhr wieder im Haus. Dann könnte er dem Anwalt für ein Telefonat zur Verfügung stehen. Nach dem Mittagessen kam Herr Doktor Brocker schon gegen 13:30 Uhr ins Hotel und fragte nach Julia. Er wollte zuerst allein mit ihr sprechen, bevor der Anwalt dazu kam.

„Schön, dass Sie kommen konnten, Herr Doktor. Ich glaube, ich brauche Sie im Moment sehr dringend. Ich bin völlig verzweifelt. Ich bin unschuldig und keiner will mir glauben. Alles spricht gegen mich. Aber ich war es nicht.", sagte Julia.

„Ich glaube ihnen, Frau Becker. Es gibt zwar viele Hinweise und Indizien, dass Sie die Täterin sind oder sein könnten, aber es reicht nicht aus. Weder für einen Haftbefehl, noch für eine Verurteilung. Ich kenne mich damit ein wenig aus.

Ich habe früher für die Staatsanwaltschaft in Hannover als forensischer Psychiater gearbeitet. Sie verhalten sich nicht wie eine Mörderin. Ich habe in meinem Leben schon viele Mörder gesehen.", sagte Doktor Brocker.

Dann kam der Anwalt, Herr Kramer, dazu. Zuerst unterhielten sie sich über den Gesundheitszustand von Julia. Als Nächstes kamen sie auf das Gespräch von Anwalt Kramer mit Julia vom Vorabend zu sprechen. Als der Rechtsanwalt beiläufig erwähnte, dass Julia sich nicht bewusst erinnern kann, ob irgendetwas anders war, vor dem Haus, als sie nach dem Holzhacken wieder hinein gingen. Doktor Brocker kam eine Idee in den Sinn.

„Frau Becker, Sie sagten gestern Abend, dass Sie sich nicht bewusst erinnern können, ob auf der Straße irgendetwas war, als Sie wieder ins Haus gingen. Aber Sie sind sich bewusst, dass Sie einen Blick auf die Straße geworfen haben?", fragte der Psychiater.

„Ja, ich habe sicherlich einen Blick auf die Straße geworfen. Aber ich kann mich nicht bewusst daran erinnern, was dort war. Leider!", sagte Julia.

„Ich habe eine Idee, wie Sie sich vielleicht doch erinnern können, wenn auch nur schemenhaft. Sie sprechen ja sehr gut auf Entspannung an. Sie gehen sehr leicht und sehr tief in Trance, sonst hätten Sie sich nicht so in die Phantasiereise hineinziehen lassen. Ich würde gerne etwas machen, was zwar vor Gericht nicht als Beweis oder Beweismittel dient, da es nicht gerichtsfest ist, aber es könnte ein Hinweis auf eine Spur sein. Ich würde Sie gerne in einen Trancezustand versetzen und Sie in dieser Entspannung an den Ort des Geschehens zurückführen. Dann lasse ich Sie beschreiben, was Sie sehen, in diesem kurzen Moment. Vielleicht kann sich Ihr Unbewusstes daran erinnern. Wären Sie damit einverstanden?", fragte Doktor Brocker.

„Bleibt mein Anwalt mit dabei? Wenn ja, können wir es gerne versuchen. Dann habe ich auch einen Zeugen dafür, dass das hier stattgefunden hat und jemand der aufpasst, was mit mir geschieht. Keine Angst, ich vertraue Ihnen voll und ganz. Sie sind schließlich Psychiater und wissen, was Sie tun. Ich bin damit einverstanden, wenn mein Anwalt dabei ist.", sagte Julia.

Der Anwalt stimmte zu und der Psychiater führte Julia mit der gleichen Technik, die er schon beim Kommissar angewandt hatte, in eine hypnotische Trance. Er konnte sie so tief führen, dass sie mit ihm aktiv kommunizieren und mit ihm sprechen konnte, während sie in tiefer Hypnose war.

„Und nun sind wir am Haus. Sie haben gerade Holz gehackt und ihre Aggressionen losgelassen. Sie gehen langsam ins Haus zurück. Während des Gangs zum Haus fällt Ihr Blick auf mehrere Sachen. Bitte beschreiben Sie, wohin Sie sehen und was Sie sehen.", sagte der Psychiater.

„Ich... Ich sehe auf das Haus, dann auf den Weg. Ich sehe Gehwegplatten, dann schaue ich kurz zur Straße. Danach gehen wir ins Haus.", sagte Julia ruhig und leise.

„Sie sagten, Sie schauen kurz zu Straße. Gehen Sie nun gedanklich die paar Sekunden zurück und beschreiben Sie mir, was Sie auf der Straße sehen. So genau wie möglich.", sagte Doktor Brocker.

„Auf der anderen Straßenseite steht, schräg vor dem Haus, ein Auto. Ich sehe das Heck des Wagens. Der Wagen ist dunkelblau. Das Kennzeichen beginnt mit den Buchstaben BS. Dann blicke ich wieder zum Haus.", sagte Julia.

Danach holte der Psychiater Julia langsam aus der Trance. Julia konnte sich an alles erinnern, was ihr vom Psychiater gesagt wurde und was sie geantwortet hatte. Der Anwalt und Doktor Brocker waren begeistert von der Beobachtung, die Julia gemacht hatte. Sicherlich gibt es viele dunkelblaue Fahrzeuge mit einem Braunschweiger Kennzeichen, aber es ist ein weiterer Anhaltspunkt, der eine Spur verstärken könnte. Dies gilt zwar nicht als Beweis vor Gericht, kann aber zu weiteren Beweisen führen und auf die richtige Spur.

Zu 16 Uhr gingen alle drei gemeinsam zum Polizeirevier, wo sich Julia melden musste. Sie wollten die neuen Erkenntnisse dem Kommissar mitteilen. Er sollte es sich einfach notieren, auch wenn es nicht gerichtsfest war. Jede Möglichkeit sollte genutzt werden, um den wahren Täter zu fassen.

Als sie beim Polizeirevier waren, wurden sie vertröstet, was den Kommissar anging, da dieser telefonierte. Der Kommissar versuchte gerade, den Chef von Julia zu erreichen. Er sollte zu dieser Uhrzeit wieder im Büro sein. Seine Sekretärin teilte den Kommissar mit, dass er nach dem Geschäftstermin kurzfristig zu seinem Bruder nach Gifhorn gefahren war, um ihn zu besuchen. Der Kommissar wurde stutzig. Wittingen liegt im Kreis Gifhorn. Warum muss der Chef von Frau Becker auf einmal, Hals über Kopf, nach Gifhorn? War es doch ein Auftragsmord? Schließlich hatte er Julia 5000 Euro bezahlt und sich für eine tolle Arbeit bedankt. Irgendetwas war faul.

Dann holte er die Drei herein. Man hatte ihm bereits gesagt, dass sie wichtige Neuigkeiten haben würden. Der Kommissar war gespannt.

Als Doktor Brocker dem Kommissar erklärte, was für Neuigkeiten es gibt und wie die Drei darauf gestoßen sind, musste der Kommissar laut lachen.

„Sie wollen mir doch nicht etwa erzählen, dass Frau Becker Ihnen diese Informationen unter Hypnose gegeben hat. Das hört sich ja an wie in einem schlechten Krimi. Außerdem wissen Sie doch genau, dass so etwas nicht gerichtsfest ist. Ich bin schon sehr verwundert.", sagte der Kommissar.

„Herr Kommissar, ich weiß dass solche Aussagen nicht gerichtsfest sind, da es zu falschen Erinnerungen kommen kann. Aber in diesem Fall möchte ich Sie bitten, diese Information trotzdem in die Akten zu nehmen, da sie eventuell eine Spur verstärken könnte, oder auf sie führen könnte. Die Beweise, für die Tat und den Täter müssen selbstverständlich aus anderen Quellen kommen. Aber der Hinweis, der eventuell einen Verdächtigen belastet, den wir noch nicht im Fokus haben, kann wichtig sein. Nur als ein winziges Stück in einem Puzzle.", sagte der Psychiater.

„Also gut. Ich nehme diese Notiz zu den Akten, auch wenn die Staatsanwältin nur mit dem Kopf schütteln wird. Aber Sie sind schließlich ein Experte für so etwas. Ansonsten würde ich es nicht machen. Ich habe auch noch eine Information für Sie. Frau Becker, ich konnte Ihren Chef nicht erreichen. Er ist heute Nachmittag zu seinem Bruder nach Gifhorn abgereist. Wussten Sie, dass ihr Chef einen Bruder in Gifhorn hat?", fragte der Kommissar.

„Nein, jedenfalls nicht so genau. Er hatte mal davon erzählt, dass er einen Bruder in Norddeutschland hat. Aber nicht wo genau. Außerdem sagte er mir einmal, dass sein Bruder Chemiker ist. Mehr weiß ich darüber auch nicht.", sagte Julia.

„Sagten Sie gerade, er ist Chemiker?", fragte der Kommissar.

„Ja, soweit ich weiß, ist er Chemiker.", sagte Julia.

„Was hat denn das mit dem Fall zu tun?", fragte der Anwalt.

„Die Rechtsmedizin hatte ermittelt, dass die Verstorbene, vor dem Erschlagen mit dem Beil, chloroformiert wurde. Und zwar so stark, dass sie auch allein an der Chloroformdosis gestorben wäre. Am Tatort ist aber kein Tuch oder Ähnliches gefunden worden.", sagte der Kommissar.

„Das sind ja Neuigkeiten, die wir noch gar nicht wußten. Warum halten Sie damit hinterm Berg?", fragte der Anwalt.

„Ich hatte vergessen, Ihnen das mitzuteilen. Aber das hätte ich heute sowieso getan. Da mich unser Rechtsmediziner noch mal darauf angesprochen hatte.", sagte der Kommissar.

„Damit ist unsere Mandantin wohl raus! Oder glauben Sie, dass meine Mandantin die Seminarleiterin zuerst chloroformiert hat und dann erschlagen, um sicherzugehen, dass sie tot ist. Sich dann wieder ruhig hingelegt hat und so tat, als wäre nichts gewesen?", fragte der Anwalt.

„Vom baulichen Zustand des Hauses, kann man in den Garten, sowohl durch die Vordertür, als auch durch einen Hinterausgang betreten, der direkt in den Garten führt und sich in dem Zimmer befindet, wo Ihre Mandantin entspannt gelegen haben soll.", sagte der Kommissar.

„Wollen Sie damit sagen, dass Frau Becker die Tote von hinten überrascht und chloroformiert hat, und dann kaltblütig ermordete? Woher hatte sie dann das Chloroform? Wo ist das Chloroform? Wo ist das Tuch? Warum hat meine Mandantin nicht nach Chloroform gerochen? Wenn die Dosis so stark war, warum hat meine Mandantin, die sehr feinfühlig ist, eine solche Dosis überhaupt problemlos händeln können, ohne umzufallen oder Schwindelanfälle zu bekommen?", fragte Anwalt Kramer.

„Diese Teile des Puzzles habe ich noch nicht zusammen. Aber vielleicht finde ich sie noch.", sagte der Kommissar.

In diesem Moment kam ein Kollege herein. Er bat den Kommissar nach draußen, weil er eine wichtige Mitteilung für ihn hatte.

„Carlo, was hast du denn für eine wichtige Mitteilung?", fragte der Kommissar.

„Mensch Heini, du hast doch irgendwas von Chloroform erzählt, in dem Mordfall den du bearbeitet. Wir haben da einen Fall, wo ein Hund an einem Tuch schnüffelte und daran gestorben ist. Die Rechtsmedizin, die normalerweise keine Tiere untersucht, sind für diesen Fall trotzdem eingeschaltet worden, um die Todesursache festzustellen. Ein Hund fällt nicht einfach tot um. Der

Hund starb an einer Überdosis Chloroform. Das Herrchen hat das Tuch mitgebracht. Es ist gesichert in der Asservatenkammer.", sagte Carlo.

„Wo wurde das Tuch gefunden? Wo ist der Hund gestorben?", fragte Kommissar Wiesner.

„Ganz in der Nähe von deinem Tatort, Heini!", sagte Carlo.

„Lag es auf der Straße?", fragte der Kommissar.

„Nein, auf der Wiese, direkt neben einem Mülleimer. Vielleicht ist es einfach daneben gefallen.", sagte Carlo.

Wie oft werden die Mülltonnen in dieser verlassenen Gegend, am Tatort, geleert?", fragte Wiesner.

„Soweit ich weiß, einmal pro Woche. Das bedeutet in ungefähr ein bis zwei Tagen.", sagte Carlo.

„Schick eine Streife raus. Die sollen sofort den Mülleimer kontrollieren! Vielleicht ist in den Mülleimer ja noch etwas, was uns weiterhilft.", sagte der Kommissar.

Danach ging er wieder zurück zu den drei Personen im Vernehmungsraum. Dort erzählte er erstmal nichts von der neuen Spur. Er wollte erst abwarten, ob im Mülleimer weitere Utensilien sind.

„Und, Herr Kommissar? Gibt es etwas Neues zu unserem Fall?", fragte Kramer.

„Nein, Herr Rechtsanwalt. Es war die Frage eines Kollegen zu einem anderen Fall, den er bearbeitet und der wollte eine kurze Einschätzung haben. Dies war sehr eilig!", sagte der Kommissar.

Danach verabschiedeten sich die Drei von dem Kommissar und gingen wieder zum Hotel.

„Ich traue diesem Kommissar nicht über den Weg! Der versucht die Schuld auf meine Mandantin zu schieben, damit er den Fall schnell abschließen kann!", sagte der Anwalt.

„Sie meinen, er ermittelt nicht richtig. Er will nur, dass ich ins Gefängnis wandere und er seine Ruhe hat? Damit er toll aussieht, mit seiner Aufklärungsquote?", fragte Julia.

„Den Eindruck habe ich auch.", sagte Doktor Brocker.

„Womit habe ich das nur verdient?", fragte Julia und fing an zu weinen.

„Nun verzweifeln Sie nicht! Wir schaffen das schon. Er hat nicht genug in der Hand um Sie dafür dran zu kriegen. Da braucht man ganz andere Sachen für. Keine Angst!", sagte der Anwalt.

Währenddessen waren zwei Polizisten zu dem besagten Mülleimer gefahren. Einer von ihnen wühlte im Müll. Die Polizisten fanden ein paar Lederhandschuhe! Einer roch immer noch etwas nach Chloroform, sodass dem Kollegen, der daran roch, so schlecht wurde, dass er sich vor Ort übergab. Sie packen das Handschuhpaar in einen mitgebrachten Asservatenbeutel. Dann fuhren sie zurück zum Revier.

Der Asservatenbeutel wurde direkt der Rechtsmedizin, zur weiteren Analyse, übergeben. Die Handschuhe waren für einen Mann eher zu klein. Sie würden daher zu einer Frau passen. Dies schien den Verdacht von Kommissar Wiesner weiter zu bestätigen.

Noch am Abend hatten die Kollegen im Polizeirevier die Adresse des Bruders von Julias Chef ausfindig gemacht. Der Kommissar machte sich mit seinem Assistenten direkt auf dem Weg nach Gifhorn. Als sie dort ankamen sahen sie einen Firmenwagen des Unternehmens, bei dem Julia gearbeitet hatte, vor der Tür stehen. Die Adresse schien somit richtig zu sein. Kommissar Wiesner klingelte an der Tür des Einfamilienhauses.

„Guten Tag, wer sind Sie, wenn ich fragen darf?", fragte ein Herr, der die Tür öffnete.

„Mein Name ist Wiesner, Kripo Wittingen. Ich habe ein paar Fragen an Sie, aber die würde ich Ihnen gerne drinnen stellen und nicht hier draußen.", sagte Wiesner.

„Selbstverständlich, kommen Sie bitte rein.", sagte der Mann und führte die beiden Kommissare ins Wohnzimmer, wo ein weiterer Mann saß.

„Guten Tag, mein Name ist Kommissar Wiesner. Das ist mein Assistent Müller. Sind Sie aus Frankfurt und arbeiten bei der Heureka?", fragte der Kommissar den zweiten Mann.

„Ja, das ist richtig. Wie kommen Sie darauf? Warum sind Sie eigentlich hier? Was habe ich damit zu tun?", fragte Julias Chef.

„Ihre ehemalige Mitarbeiterin, Frau Julia Becker, steht in dringendem Tatverdacht, vor ein paar Tagen eine Frau ermordet zu haben. Sie haben ihr 5000 Euro überwiesen, mit dem Verwendungszweck vielen Dank für die geleistete Arbeit. Da haben wir gedacht, wir schauen mal vorbei und stellen ein paar Fragen. Man sagte uns in Ihrem Unternehmen, dass Sie zu ihrem Bruder nach Gifhorn gefahren sind. Das passt natürlich wunderbar zusammen. Der Bruder in Gifhorn. In der Nähe wird, von ihrer ehemaligen Mitarbeiterin, eine Frau ermordet. Sie überweisen Geld von ihrem Privatkonto an Frau Becker, mit einem komischen Verwendungszweck und ihr Bruder ist Chemiker. Die Dame wurde ermordet, und vorher chloroformiert. Chloroform gibt es nicht an jeder Ecke zu kaufen. Da muss man sich schon etwas auskennen. Als Sie zu ihrem Bruder gefahren sind, Hals über Kopf, haben wir uns natürlich ein wenig was zusammengereimt.", sagte Wiesner.

„Sie glauben, ich habe einen Mord in Auftrag gegeben? Wer ist denn überhaupt das Opfer?", fragte Julias Ex-Chef.

Das Opfer heißt Camilla Unokwo. Sie ist eine Seminarleiterin für Seminare in denen Leute ihr Leben neu bestimmen wollen. Kennt einer von Ihnen Frau Camilla Unokwo?", fragte Wiesner.

Beide Männer verneinten. Sie hatten den Namen noch nie gehört. Dann fragte Wiesner nach einem blauen Fahrzeug mit Braunschweiger Kennzeichen. Keiner von Beiden hatte ein solches Fahrzeug oder Zugriff darauf. Dann verabschiedeten sich die Kommissare und gingen in den Feierabend.

Am nächsten Morgen, etwa eine halbe Stunde nachdem sich Julia bei der Polizei gemeldet hatte und wieder zum Hotel gegangen war, bekam Kommissar Wiesner einen Anruf vom Polizeirevier in Braunschweig.

„Polizei Wittingen, Wiesner.", meldete sich der Kommissar.

„Guten Tag, Kommissar Wiesner. Hier ist Kommissar Linz von der Polizei Braunschweig. Haben Sie nicht vor ein paar Tagen einen Mord mit Chloroform gehabt?", meldete sich Kommissar Linz.

„Ja, das ist richtig Herr Kommissar.", bestätigte Wiesner.

„Wir haben hier in Braunschweig auch eine Chloroform-Tote. Die Dame starb in Bahnhofsnähe vor etwa einer Woche, so um die Mittagszeit. Ich kann es mir zwar nicht vorstellen, aber vielleicht hat das auch etwas mit Ihrem Fall zu tun. Die Beiden kannten sich wohl, also die beiden Opfer.", sagte Kommissar Linz.

„Das ist ja sehr interessant! Bitte lassen Sie mir alle Informationen zukommen die Sie zu dem Fall haben.Ich werde Sie dann mit meinen Informationen versorgen, wenn ich geprüft habe, ob dort ein Zusammenhang bestehen kann.", sagte Wiesner.

Kommissar Linz war einverstanden und schickte ihm sämtliche Unterlagen und Befunde, die er hatte. Die Tote in Braunschweig war ungefähr in dem Zeitraum chloroformiert und ermordet worden, als sich Julia am Bahnhof aufhielt und auf ihren nächsten Zug wartete.

Das war wieder eine Nachricht, die Julia nicht unbedingt entlastete. Obwohl einige Sachen in der Beweiskette nicht stimmen konnten, so war es doch auffällig, dass sie immer vor Ort war, wenn die Morde passierten!

Bei der Meldung von Julia am Nachmittag, bat sie der Kommissar um ein Gespräch. Julia wollte nur in Anwesenheit ihres Anwaltes mit ihm sprechen. Sie rief Herrn Kramer an und dieser kam nach etwa einer halben Stunde auf dem Polizeirevier an. Alle Drei ging in das Vernehmungszimmer.

„Sehr geehrte Frau Becker, sehr geehrter Herr Kramer, ich habe einen zweiten Mordfall auf dem Tisch. Es ist ein Fall meiner Kollegen in Braunschweig. Auch dort ist eine Frau an einer Überdosis Chloroform verstorben. Das Ganze geschah in unmittelbarer Bahnhofsnähe. Und zwar an dem Tag, als Sie nach Wittingen anreisten, Frau Becker. Dazu müssen Sie doch in Braunschweig umsteigen, oder nicht?", fragte der Kommissar.

„Wollen Sie meiner Mandantin jetzt einen zweiten Mord unterschieben? Das ist ja unerhört!", beschwerte sich der Anwalt.

Julia sagte gar nichts. Sie war fassungslos und kreidebleich. Ein paar Sekunden später sackte sie ohnmächtig vom Stuhl. Polizisten brachten sie ins Krankenzimmer. Ein Notarzt, der gerade wegen einer anderen Sache auf der Wache war, kümmerte sich um sie.

Währenddessen informierte Kommissar Wiesner den Anwalt über alle Informationen, die er zu dem zweiten Fall hatte. Der Anwalt bestätigte, dass seine Mandantin zu dem Zeitpunkt am Braunschweiger Hauptbahnhof war und auf ihren Zug wartete. Einige Sachen passten zusammen, andere eher nicht. So langsam kamen auch dem Anwalt erste Zweifel. Am falschen Ort zur falschen Zeit? Klar, das kann sein. Aber jetzt waren es schon zwei Fälle, die eventuell zusammenhingen.

Dann kam der Assistent von Kommissar Wiesner herein. Die Tote aus Braunschweig war eine ehemalige Klientin der Toten aus Wittingen. Ihr Name fand sich in der Datei der betreuten Kunden von Camilla Unokwo. Jetzt zog sich die Schlinge noch enger um Julias Hals.

Nach etwa einer Stunde war Julia wieder ansprechbar. Ihr Anwalt zog sich mit ihr in einen Nebenraum zurück, um sie mit den Neuigkeiten zu konfrontieren. Julia war fassungslos, als sie das hörte. Es war korrekt, sie war zur gleichen Zeit am Braunschweiger Hauptbahnhof. Die Zeit hätte ausgereicht, um den Mord zu begehen. Aber sie war es nicht. Sie merkte, dass langsam auch dem Anwalt Zweifel an ihrer Unschuld kamen.

„Verdammt noch mal! Ich war es nicht!", beteuerte Julia.

„Das will ich Ihnen ja gerne glauben, aber Sie müssen auch verstehen, dass mir inzwischen auch einige Zweifel kommen. Dafür passt alles zu gut zusammen.", sagte der Anwalt.

„Und ich dachte, Sie wären auf meiner Seite. Aber das sind Sie wohl nicht mehr.", konstatierte Julia.

„Ich bin auf ihrer Seite. Aber ich brauche die volle Wahrheit, um Sie vertreten zu können, und es gibt immer mehr Ungereimtheiten in diesem Fall.

Wenn Sie etwas zu verbergen haben, dann sagen Sie es bitte jetzt.", sagte der Anwalt.

„Ich habe weder etwas zu verbergen, noch habe ich etwas anderes getan, als das, was ich Ihnen bereits gesagt habe. Ich gebe zu, dass etliche Indizien gegen mich sprechen. Und das es einige nahezu unglaubliche Zufälle gibt. Aber ich war's nicht. Wirklich nicht.", sagte Julia mit Tränen in den Augen.

Währenddessen erreichte einen Anruf aus der Rechtsmedizin Kommissar Wiesner. Aus dem Innenbereich der Handschuhe konnten DNA-Spuren extrahiert werden. Dies könnte einige Leute ausschließen. Auch Julia. Der Kommissar beschloss, Julia und ihren Anwalt direkt zu informieren, und sie zu Rechtsmedizin zu bitten. Zur Abgabe einer Speichelprobe.

„Frau Becker, ich habe eine gute und eine schlechte Nachricht für Sie.", sagte der Kommissar, als er den Raum betrat.

„Was meinen Sie mit gute und schlechte Nachricht?", fragte Julia.

„Es sind gestern in Tatortnähe, in Wittingen, ein paar Handschuhe gefunden worden, von denen einer nach Chloroform roch. Die Handschuhe haben in etwa ihre Größe. Die Rechtsmedizin konnte mehrere DNA Spuren sichern, die sich im Innenfutter der Handschuhe befanden. Wenn Ihre DNA-Spuren nicht dabei sein sollten, dann sind Sie raus aus der Verlosung. Wenn Ihre Spuren dabei sind, bleiben Sie weiter die Hauptverdächtige.", sagte der Kommissar.

„Meine DNA-Spuren werden dabei sein. Ich mache den Test, aber weiß das Ergebnis schon zu 99%. Ich hatte die Handschuhe angezogen, als ich versuchte, die Holzstücke zu zerhacken. Allerdings waren mir die Handschuhe ein bisschen zu groß. Ich rutschte dauernd ab. Daher zog ich die Handschuhe aus und hielt das Beil in meinen bloßen Händen. Daher kommen auch die Fingerabdrücke auf dem Stiel des Beils.", sagte Julia.

Ihr Anwalt schüttelte nur noch den Kopf. Da hatte er für eine Sekunde an eine sofortige Chance zum Ausschluss seiner Mandantin von den Tatverdächtigen gehofft und Julia zerstört diese Hoffnung mit einem Satz. Dann ging Julia rüber in die Rechtsmedizin. Dort ließ sie eine Speichelprobe, und die Auswertung ergab das, was sie schon befürchtete. Von den drei DNA-Spuren war eine ihre eigene. Eine Weitere war vom Mordopfer. Die Dritte war unbekannt und auch nicht in den gängigen Fahndungssystemen. Der Wahnsinn ging also weiter.

Am nächsten Morgen fand Kommissar Wiesner ein Fax von der Polizei Braunschweig auf seinem Tisch. Dort waren nähere Angaben zu der Toten aus Braunschweig vermerkt sowie die Bitte um Rückruf. Dies tat der Kommissar umgehend und wählte die Nummer von Kommissar Linz.

„Polizei Braunschweig, Linz am Apparat. Guten Morgen, Kollege Wiesner. Dann haben Sie das Fax ja schon gesehen. Ich möchte noch einige Ausführungen zu machen. Wie beschrieben, heißt die tote Anja Kesseler. Sie hat das gleiche Alter wie Ihre Tatverdächtige. Sie kommt ehemals aus dem Frankfurter Raum, wo Ihre Tatverdächtige auch herkommt. Komisch nicht? Vielleicht gibt es da doch einen Zusammenhang. Ihre Verdächtige muss sich doch heute Morgen wieder melden. Konfrontieren Sie sie direkt mal mit den Informationen. Frau Kesseler hat im Escort gearbeitet. Sie war im zweiten Monat schwanger! Vielleicht musste sie deshalb sterben. Welcher

Freier schwängert schon gerne eine Dame aus dem Escort!", sagte Kommissar Linz.

„Danke für die neuen, sehr interessanten, Informationen. Ich melde mich nachher bei Ihnen, wenn ich mit meiner Tatverdächtigen gesprochen habe. Also bis dann!", bedankte sich Wiesner und legte auf. Er rief sofort Julia Becker an, damit sie ihren Anwalt gleich mitbringen konnte, da es neue Informationen zum Fall gab und neue Fragen an sie aufgetaucht waren.

Um kurz vor 9 Uhr kamen Julia und ihr Anwalt, Herr Kramer, zum Polizeipräsidium. Kommissar Wiesner bat sie sofort in den Vernehmungsraum.

„Guten Morgen, Frau Becker. Guten Morgen Herr Kramer. Frau Becker, es gibt Neuigkeiten zu dem Mordfall in Braunschweig. Dazu habe ich einige Fragen an Sie. Sagt Ihnen der Name Anja Kesseler etwas? Sie war genauso alt wie Sie, und kam aus dem Raum Frankfurt?", fragte der Kommissar.

„Der Name Kesseler sagt mir jetzt nichts, haben Sie ein Foto der Toten?", fragte Julia.

„Ja, habe ich.", sagte der Kommissar und reichte Julia ein Foto vom Gesicht des Opfers. „Die Dame hieß früher mit Nachnamen Hartinger. Sie hat sich nach ihrer ersten Ehe scheiden lassen, aber den Nachnamen behalten. Kennen Sie sie?", fragte Wiesner.

Als Julia das Foto sah, hatte sie bereits einen Verdacht. Als sie den Mädchennamen hörte, wurde ihr schwarz vor Augen. Kommissar Wiesner konnte sich vorstellen, was das bedeutete und rief einen Ersthelfer, der sie mithilfe des Kommissars ins Krankenzimmer brachte.

Ihr Rechtsanwalt Kramer und der Kommissar ahnten nicht den Zusammenhang zwischen Beiden. Nach einiger Zeit kam Julia wieder zu sich. Die Vernehmung wurde im Krankenzimmer weitergeführt. Obwohl Julia aufgrund ihres Zustandes protestierte, bestätigte der Anwalt, dass sie vernehmungsfähig sei und der Kommissar fortfahren sollte. Dann rückte Julia mit der Sprache raus.

„Anja Kesseler war mit mir in einer Klasse. Wir waren Freundinnen, gute Freundinnen. Irgendwann haben wir uns aus den Augen verloren. Ich wusste gar nicht, dass sie mal geheiratet hatte. Und vom Escort erst recht nichts. Ich war's nicht. Ich habe sie auch gar nicht am Braunschweiger Bahnhof gesehen. Ich habe mich nur im Bahnhof aufgehalten, habe etwas beim Bäcker geholt und bin dann langsam auf den Bahnsteig gegangen. Glauben Sie mir doch. Auch wenn alles komisch aussieht.", sagte Julia.

„So leid es mir für Sie tut. Irgendwie deutet immer mehr auf Sie als Täterin hin.", sagte der Kommissar.

Julia senkte den Kopf. Die Lage wurde immer aussichtsloser. Kann man wirklich so viel Pech auf einmal haben? Warum strafte das Leben sie mit solcher Härte?

„Übrigens, Anja Kesseler war im zweiten Monat schwanger. Schlecht für eine Escort-Dame, nicht wahr? Wussten sie davon?", fragte der Kommissar.

„Ich weiß von nichts. Ich habe Anja seit unseren Jugendtagen nicht mehr gesehen. Ich wusste nicht, dass sie hier in Braunschweig ist. Und erst recht nicht, dass sie in meiner Nähe ermordet wurde. Ich kann dazu nichts sagen. Ich bin unschuldig.", sagte Julia.

„Haben Sie eine Namensliste der Kunden des Escortservice, die in den letzten zwei Monaten Anja Kesseler gebucht hatten? Vielleicht ist der Mörder ja unter den letzten Kunden zu finden.

Schwangerschaft wäre ein Motiv für einen Mord.", sagte Anwalt Kramer.

„Die Liste wird mir morgen früh übergeben. Die Kollegen aus Braunschweig stellen sie gerade zusammen.", sagte der Kommissar.

„Gut, dann lassen Sie uns morgen weiter sprechen, Herr Kommissar!", schlug der Anwalt vor.

Mit dieser Vereinbarung trennten sich die beiden Parteien und verabschiedeten sich bis morgen. Auf den Erscheinungstermin von Julia am Nachmittag wurde aufgrund des Gesundheitszustandes und der nervlichen Anspannung verzichtet.

Als die Liste der Kunden am nächsten Morgen vorlag, traute der Kommissar seinen Augen nicht. Auf der Liste befand sich der Name des Bruders von Julias Ex-Chef aus Gifhorn! Er hatte vor etwa 2 Monaten Anja Kesseler gebucht. Davor und danach gab es mehrere Wochen keine anderen Kunden für Anja Kesseler. Die Wahrscheinlichkeit, dass der Bruder von Julias Ex- Chef der Vater des ungeborenen Kindes von Anja Kesseler ist, war sehr hoch. Außer sie hätte in dem Zeitraum noch mit anderen Männern Geschlechtsverkehr gehabt.

Gegen 9 Uhr trafen Julia, ihr Anwalt und Doktor Brocker pünktlich ein. Die Anwesenheit des Psychiaters war ein Wunsch von Julia.

„Guten Morgen miteinander. Es gibt Neuigkeiten aus Braunschweig. Und diese Neuigkeiten sind spektakulär.", sagte der Kommissar.

„Nun spannen Sie uns nicht auf die Folter. Raus mit der Sprache! Was gibt es Neues?", fragte der Anwalt.

Ich hatte Ihnen ja gestern gesagt, dass Anja Kesseler im zweiten Monat schwanger war. Wir haben nun auch den Namen des wahrscheinlichen Erzeugers. Sie war zwar im Escort tätig, hatte aber in der Zeit sowie mehrere Wochen davor und danach nur einen Kunden und den mehrfach. Frau Becker, halten Sie sich bitte gut fest! Es ist der Bruder ihres Ex-Chefs!", sagte der Kommissar.

Dann war es still im Raum. Es herrschte betretenes Schweigen. Sie hatten mit Vielem gerechnet. Aber nicht mit so einem Zusammenhang. Nach einer gefühlten Ewigkeit fand Julia ihre Sprache wieder.

„Sie meinen, der Bruder meines Ex-Chefs ist der Mörder von Anja Kesseler?", fragte Julia.

„Das kann sein, das kann aber auch nicht sein. Wir haben bisher nur diesen Zusammenhang. Wir haben weder Chloroform, noch irgendwelche Geständnisse, noch sonst irgendwas. Was ich allerdings sagen kann, ist, dass dem Bruder ihres Ex-Chefs die Handschuhe definitiv nicht passen würden. Seine Hände sind viel zu groß. Der DNA Abgleich ist damit hinfällig.", sagte der Kommissar.

„Damit wäre meine Mandantin nicht entlastet. Wenn ihm die Handschuhe nicht passen, kann auch die DNA nicht von ihm sein. Er scheidet für den Mord an Camilla Unokwo aus.", sagte der Anwalt.

„So ist es!", sagte der Kommissar.

„Aber der Bruder meines Ex-Chefs könnte das Ganze in Auftrag gegeben haben und hat gleichzeitig noch dafür gesorgt, dass genug Chloroform für die Tat vorhanden war. Natürlich total überdosiert. Das wäre noch eine Möglichkeit und eine Spur, oder?", sagte Julia.

„Da gebe ich Frau Becker recht, das wäre eine Möglichkeit. Das sollte auf jeden Fall überprüft werden.", sagte Doktor Brocker.

„Diese Überprüfung mit Hausdurchsuchung werden meine Kollegen in Braunschweig in Angriff nehmen, das soll noch heute passieren.", sagte der

Kommissar.

„Ist eigentlich der Leiter des Escortservice bereits dazu befragt worden? Er käme sicherlich auch für einen Mord in Frage. Eine Escort-Dame, die schwanger geworden ist, von einem Kunden, ist nicht gut fürs Geschäft. Vielleicht ist er der Schlüssel zu unserem Rätsel.", sagte der Anwalt.

„Der Leiter des Escortservice, Herr Keller, ist zur Vernehmung am morgigen Tag in Braunschweig vorgeladen worden. Die Vernehmung beginnt um 10 Uhr. Ich bin selbstverständlich dazu eingeladen worden. Ich würde mich freuen wenn Sie alle Drei mich begleiten würden. Vielleicht lässt sich dort etwas aufklären.", sagte der Kommissar.

Julia, Herr Kramer und Doktor Brocker hatten für den nächsten Tag gegen 10 Uhr keine Termine. Sie würden sich mit dem Kommissar um 9 Uhr am Polizeipräsidium treffen und dann gemeinsam nach Braunschweig fahren. Vielleicht bringt es ja was.

Am nächsten Morgen brachen sie gemeinsam nach Braunschweig auf. Als sie am Polizeipräsidium ankamen, wurden sie bereits vom zuständigen Kommissar erwartet. Nach der Begrüßung wurden alle Vier in den Vernehmungsraum geführt. Kommissar Wiesner durfte im Raum bleiben. Die anderen wurden in einen Nebenraum geführt der, über eine Scheibe mit Spiegelglas und Lautsprechern, mit dem Vernehmungsraum verbunden war. So konnten der Anwalt, der Psychiater und Julia die Vernehmung beobachten und hören, ohne dass der Leiter des Escortservice etwas davon mitbekam.

Dann wurde der Tatverdächtige für den Mord an Anja Kesseler hineingeführt. Nach der Feststellung der Identität, stellten sich die beiden Kommissare kurz vor und Kommissar Wiesner durfte eine erste Frage stellen. Er überlegte kurz, schaute auf die Hände des Escortservice-Leiters und ihm fiel auf, dass sie etwas größer als die Hände seiner Hauptverdächtigen, Julia Becker, waren. Dies bedeutete, ihm würden die Handschuhe nicht rutschen, aber sie wären auch nicht zu klein. Er könnte der Täter sein. Allerdings fehlte die Verbindung zum Mord in Wittingen.

„Herr Keller. Gehe ich recht in der Annahme, dass Sie ein Auto besitzen?", fragte Wiesner.

„Ja, das ist richtig, Herr Kommissar.", sagte der Verdächtige.

„Welche Farbe hat ihr Auto? Ist es dunkelrot oder tannengrün? Hat es ein Gifhorner Kennzeichen?", fragte Wiesner.

„Das tut mir leid für Sie, Herr Kommissar, Beides nicht. Ich fahre ein dunkelblaues Fahrzeug mit einem Braunschweiger Kennzeichen.", sagte der Verdächtige.

Damit war er dringend tatverdächtig, den Mord an Camilla Unokwo verübt zu haben. Jetzt mussten nur noch weitere Beweise für seine Schuld her, denn die Aussage, die Julia unter Hypnose gemacht hatte, war ja nicht gerichtsfest. Aber diese Aussage könnte der Schlüssel zur Lösung des ganzen Rätsels sein. Im Nebenraum trauten die drei anwesenden ihren Ohren kaum. Julia brach in Tränen aus. Das erste Mal seit Tagen, das ein Fakt sie entlastete. Aber noch war die Messe nicht gelesen. Es gibt viele Autos in Braunschweig mit Braunschweiger Kennzeichen und dunkelblauer Farbe.

„Sind Sie mit ihrem Auto heute hier, vor Ort?", fragte der Braunschweiger Kommissar.

„Ja, das Auto steht draußen auf dem Parkplatz. Warum?", fragte der Verdächtige.

„Ich beantrage hiermit, dass der Wagen beschlagnahmt und auf mögliche Tatwerkzeuge und DNA-Spuren untersucht wird.", sagte Kommissar Wiesner.

„Ich werde das sofort bei der Staatsanwaltschaft beantragen. Herr Kollege übernehmen Sie das bitte für mich. Ich erwarte gleich den Beschluss der Staatsanwaltschaft und möchte den Wagen so schnell wie möglich durchsuchen lassen.", sagte Kommissar Linz.

Der Escortservice-Leiter war perplex. Er wollte noch protestieren, aber es nutzte nichts. Eine Viertelstunde später lag der Durchsuchungs-beschluss auf dem Tisch. Außerdem wurde der Leiter gebeten, eine Speichelprobe abzugeben, damit man eine DNA Probe hatte.

Bei der Durchsuchung des Wagens wurde ein kleines Fläschchen gefunden. Es enthielt noch geringe Mengen Chloroform! Während der Durchsuchung war die Speichelprobe genommen worden, die nun zur Gerichtsmedizin gehen sollte.

Aufgrund der Indizien und einer, nach Einblick des Vorstrafenregisters, bestehende Fluchtgefahr, wurde der Leiter des Escortservice noch im Saal festgenommen und in Untersuchungshaft gesteckt.

Je nachdem, wie die DNA Probe ausfiel, war Julia vollkommen entlastet. Allerdings brauchte man noch ein Geständnis und die Verbindung beider Fälle durch den Verdächtigen.

Die DNA Probe war eindeutig. Seine Spuren waren die Spuren der dritten Person in den Handschuhen. Damit war klar, dass er Camilla Unokwo chloroformiert hatte. Als die Beweise dermaßen erdrückend waren, legte Keller ein Geständnis ab. Er wusste, dass Anja Kesseler von dem Bruder von Julias Ex-Chef schwanger war. Eine Schwangerschaft wäre auch für den werdenden Vater ein Problem. Schließlich war er ein hoch angesehener Mann in Braunschweig. Keller wollte ihn erpressen. Anja Kesseler wollte in Zukunft nicht mehr im Escort arbeiten und erst recht nicht mehr für Keller. Keller versprach das Problem mit Anja zu lösen. Das einzige was er brauchte, war Chloroform. Dann könnte man es so aussehen lassen wie einen Unfall. Niemand wäre schuld. Das Chloroform zu besorgen und anzumischen, in einer hohen, tödlichen Dosierung, war für den Bruder von Julias Ex-Chef kein Problem. Wozu war er Chemiker! Keller machte dann die Drecksarbeit. Er chloroformierte Anja Kesseler mit einer Überdosis, so dass sie auf der Bank, auf der sie saß, einfach einschlief und starb. Keller hatte mitbekommen, dass Anja Hilfe bei Camilla Unokwo gesucht hatte. Auch Anja hatte die Anzeige gelesen. Sie hatte sich bereits mit Camilla getroffen und ihr alles erzählt! Camilla hatte bei Keller angerufen, da sie ihn aus einem anderen Fall her kannte, von einer anderen Frau, die auch ein neues Leben beginnen wollte. Schon damals hatte Keller ihr gedroht. Aber sie hatte das nicht ernst genommen. Also musste auch Camilla sterben! Es war reiner Zufall, dass Julia mit beteiligt war. Sie war einfach zur falschen Zeit am falschen Ort.

So fügte sich das Puzzle nun zusammen. Julia war entlastet. Sie war froh, dass die Gerechtigkeit gesiegt hatte. Ihr Anwalt entschuldigte sich dafür, dass er ihr zeitweise nicht geglaubt hatte. Herr Doktor Brocker sprach, nachdem alles vorbei war, mit Kommissar Wiesner.

„Herr Kommissar, ich danke Ihnen, dass Sie die Frage nach der Farbe des Autos von Keller absichtlich mit zwei anderen Farben gestellt haben. So hat er reflexartig, um seine Unschuld zu beweisen, seine Schuld bewiesen, indem er Ihnen die Wahrheit sagte. Danke, dass Sie mir und meinen Fähigkeiten Vertrauen geschenkt haben und dieses winzige Detail mit der Wagenfarbe, das nicht gerichtsfest war, trotzdem genutzt haben um den Fall aufzuklären. Ich bin stolz auf Sie.", sagte der Psychiater.

„Ich habe Ihnen zu danken, Herr Doktor. Ohne Ihren Einsatz säße nun eine Unschuldige im Gefängnis, für zwei Morde, die sie nicht begangen hat. Ich habe die Information deshalb eingesetzt, weil Sie professionell mit ihren Methoden umgehen und wissen, was Sie tun. Ich würde mich freuen, wenn wir uns demnächst einmal treffen könnten. Ich möchte noch einmal eine Phantasiereise machen, das hat mir sehr gutgetan.", sagte der Kommissar mit einem Augenzwinkern.

Julia blieb noch ein paar Tage in Wittingen, zur Erholung. Schließlich hatte sie das Hotelzimmer bezahlt. Die Heimfahrt nach Frankfurt zahlte ihr Anwalt. Als Belohnung, dass sie immer bei sich geblieben ist, und sich nicht selbst verurteilt hat.

Als sie zu Hause war, meldete sich Julia beim Arbeitsamt. Selbstverständlich bekam sie eine Sperrzeit. Als sie allerdings eine Bescheinigung der Polizei vorlegte, verzichtete man rückwirkend darauf. Bald schon fand Julia eine Anstellung im öffentlichen Dienst. Sie wurde Mitarbeiterin bei Gericht.

Außerdem vom Autor

bei Twentysix erschienen

Alles auf Null - Neuanfang in Magdeburg